U0015281

微物的情歌

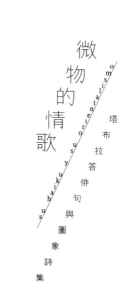

塔布拉 答俳句與圖象詩集

目錄

085　竹子

086　蜻蜓

087　孔雀

088　雲朵們

089　葡萄柚花

〔下午〕

090　棕櫚

091　紫羅蘭

092　螞蟻

093　烏龜

094　蟬

095　青蛙

096　鴿子

097　枯葉

098　旅店

〔傍晚〕

099　黃蜂

100　蒼鷺

101　飛蛾

102　蟾蜍

103　刺桐

104　蝙蝠

105　夜鶯

106　九重葛

107　飛蛾

譯序：東方風的夜鶯

陳黎・張芬齡

一

塔布拉答（José Juan Tablada，1871-1945），墨西哥詩人，藝評家，記者和外交官，一個驛動不安、求新求變的靈魂，被視為墨西哥現代詩歌與前衛主義運動的開創者，且卓有貢獻地將「俳句」此一極簡日本詩型引進、納入拉丁美洲與西班牙語文學。他應該是第一位以西方語言寫作「俳句」型詩歌且最早出版俳句個集的詩人。一生作品涵蓋多種文體，包括詩歌、散文、藝術評論、小說、報導文學、蘑菇研究等。作為一個業餘水彩畫家，他還為自己的俳句集《一日……》（*Un día...*，1919）繪製插圖，並運用自己敏於造型的能力，以西班牙文創造出具象形文字般趣味的傑出圖象詩集《李白與其他詩》（*Li-Po y otros poemas*，1920）。

塔布拉答於1871年4月1日出生於墨西哥城，是家中八個孩子中唯一的男孩。他的童年在墨西哥城之東的特拉斯卡拉州（Tlaxcala）奇科莫斯托克莊園度過，他的父親是該莊園的園主或經營者。他還在墨西哥城東北部的奧通巴（Otumba）度過一段時間，父親做了那裡的制憲會議代表。三歲時，他與母親和叔叔一起前往墨西哥西部、濱太平洋的馬薩特蘭（Mazatlán）探望親戚。這段記憶成為多年後他與

東方親近的先兆，塔布拉答後來曾說他當時走過了商人們帶著中國船運來的貨物所走過的同一條路。1877年，他在墨西哥城之東的布埃布拉（Puebla）住了一段時間，就讀於弗洛雷斯（Flores）兄弟辦的小學，兄弟中有一位是詩人，頗稱讚塔布拉答畫的圖，送給他一盒水彩。1880年，九歲的他與家人定居墨西哥城的塔庫巴亞區（Tacubaya）。他常去一位單身的「龐丘叔叔」住處玩，他是一位鳥類學家和業餘畫家，引導塔布拉答欣賞畫作並觀察自然。他在凱瑟恩學校（Instituto Katthain）讀完小學，受德語教育，之後升上格羅梭中學（Colegio de Grosso），學習了法語。

他在回憶錄裡曾描述青春期的他遊蕩於人們賭博、飲酒，有音樂、遊女、鬥雞的攤位與棚屋間的情景。1884年時，有次一夜在外沒回家，父親乃強迫他入軍校，作為懲戒。他在軍校待了很短的時間，空閒時養昆蟲、畫昆蟲，與大他一歲的畫家魯艾拉斯（Julio Ruelas）相遇，合辦了一份玩世不恭的刊物，魯艾拉斯畫畫，他為文，他作為警句作家的能力與對新聞業的愛好開始成形。1888年，他在報上發表了第一首詩〈給……〉（A...），一首長44行的情歌。

離開軍校後，塔布拉答進入國立預校（Escuela Nacional Preparatoria，為高中）就讀並習畫。他後來在中央鐵路公司擔任會計，1891年1月至1892年10月間，在《環球報》（El Universal）上發表了約34首詩。報社負責人史賓朵拉（Rafael Reyes Spíndola）還邀他翻譯以及寫作各類文章，1891、1892兩年中刊出78篇文稿，包括對波特萊爾（Charles Baudelaire）、莫泊桑（Guy de Maupassant）、龔固爾（Ed-

mond de Goncourt）等法國作家的譯介，大展其寫作才能。
1893年，他在幾家報紙上發表了他最早幾篇以東方為主題
的詩作——〈菊花〉（Crisantema）、〈涅槃〉（Nirvanah）、〈觀音〉
（Kwan-on）。1896年又發表了〈東方的太陽〉（Sol de oriente）與〈日本〉（Japón）二詩。1899年他出版了他第一本
詩集——第一版的《花環》（El florilegio，意即「選集」），
收錄了上述東方主題的詩歌，以及受法國象徵主義影響，帶
著反叛精神、異國情趣與頹廢主義傾向，顯現「波特萊爾新
震顫」之諸多詩作——包括1893年發表於報刊時兩度引發
爭議的〈黑色彌撒〉（Misa negra）與〈縞瑪瑙〉（Ónix）二詩。

　　日趨成熟的塔布拉答為眾多報紙與雜誌撰稿，包括委內
瑞拉、哥倫比亞與美國等國媒體。其中最值得一提的是他參
與創始的墨西哥《現代雜誌》（Revista Moderna，1898-
1903），這本文學雜誌（後易名為《墨西哥現代雜誌》〔Revista Moderna de México，1903-1911〕）是現代主義的主要
傳播者，改變了墨西哥文學風貌並在拉丁美洲產生強烈影
響。塔布拉答在這裡發表了許多文章，譯介了包括葡萄牙頹
廢主義先驅詩人卡斯特羅（Eugénio de Castro，1869-1944）
以及小說家法朗士（Anatole France，1844-1924）、威爾斯
（H.G. Wells，1866-1946）在內的名家之作。

　　1900年，在《現代雜誌》金主、富翁盧漢（Jesús E. Luján）贊助下，塔布拉答進行了他生命中重要的日本之旅。5
月14日他搭火車離開墨西哥，前往舊金山，他在那兒向《現
代雜誌》發送了一篇「走向太陽之國」的報導。6月15日，
他啟程從舊金山搭船經夏威夷前往橫濱。在日本期間，他繼

續撰寫「太陽之國」系列報導，發表於《現代雜誌》上——後來收錄於《在太陽之國》（*En el país del sol*，1919）一書中。這次旅行是他「東方主義」的一個轉捩點，近距離、更深層次地接觸日本——其文化，其詩歌（俳句、短歌）、藝術（浮世繪），其風土人情——讓「東方」在他的作品或生命中不只是一種朦朧的異國情調或優雅但不免淺薄的文字書寫。他在日本待了四個月，於1900年12月5日從橫濱出發，循同一路線於12月22日返抵舊金山。

　　1901年1月回到墨西哥後，塔布拉答與公共教育部長、作家胡斯托‧塞拉（Justo Sierra，1848-1912）的侄女伊萬荷麗娜‧塞拉（Evangelina Sierra）重燃戀情，兩人後於1903年1月結婚，並前往巴黎度蜜月。伊萬荷麗娜讓塔布拉答擺脫了先前放蕩不羈的生活，隨她伯父一起從事公共教育工作。1905年，塔布拉答在科約阿坎購買土地，準備建造一座「傳奇之屋」，並決定離開公職，致力於進口銷售葡萄酒，用他的收入建成他那座有日本庭園的大房子——入口處有門形「鳥居」，裡面有涼亭和蘭花溫室，有鯉魚和烏龜悠遊的池塘、假富士山，還有成蔭的綠樹，包括一棵他心愛的柳樹，而屋裡滿是他收藏的東方和墨西哥藝術品，瓷器、漆器……

　　1904年時，他出版了增補改訂後的第二版《花環》，由1899年版的33首詩擴大為84首。新增的詩中有兩組（共十三首）他迻譯的日本短歌，都是1900年日本行時於橫濱、鎌倉兩地譯成，寄回墨西哥同年於《現代雜誌》上發表的。第二版《花環》中，兩組短歌的標題被互換、誤植，首刊於《現代雜誌》上的版本應該才是對的。這兩組短歌包括以

〈日本短歌：詩人之戀〉（"Utas" japonesas: Poetas del amor）
為題，西行、藤原定家、紫式部等人的六首歌作，以及題為
〈戀歌與秋歌〉（Cantos de amor y de otoño），他稱之為對《古
今和歌集》裡「日本歌人之作意譯」（Paráfrasis de poetas ja-
poneses）的七首歌作，作者名字涵蓋《古今集》「六歌仙」
中之僧正遍昭、小野小町，還有文屋朝康、無名氏歌者等。
但第一組歌作中，有的詩迄今無法找出相對應的日文原作，
而第二組歌作中遍昭、小町兩首實為佚名作者之作。吾人考
證後，發現第一組歌作乃是塔布拉答根據法國十九世紀大詩
人泰奧菲爾・戈蒂埃（Théophile Gautier）的女兒朱迪特・
戈蒂埃（Judith Gautier，1845-1917）與曾任日本總理大臣的
西園寺公望（1849-1940）合作法譯成、收錄88首日本短歌
的《蜻蛉集》（Poemes de la libellule，1885）一書，轉譯成
西班牙語的。才女戈蒂埃的法譯可謂充滿個性的「再創
作」，有時離原詩頗遠——塔布拉答再度釋義、轉譯後，恐
怕離原作更遠。同樣地，第二組歌作則是以東京帝國大學教
授張伯倫（Basil H. Chamberlain，1850-1935）英譯的《日本
古典詩歌選》（The Classical Poetry of the Japanese，
1880——後收於其《日本詩歌》〔Japanese Poetry, 1910〕）
中的《古今和歌集》短歌為基礎意譯而成的。

　　塔布拉答第二版《花環》中有一首寫於橫濱布拉夫花園
的〈日本繆斯〉（Musa japónica），相當出色。這是一首受日
本俳句啟發寫成的由十九節三行詩組成之作，三行與三行間
以三顆星號隔開，可見他覺得每節似可獨立成一「三行詩」
或「俳句詩」。此詩最後一節特別亮眼，任何人看了怕都會

歎說「啊，俳句，好俳句！」:「一隻白孔雀／展開它的尾羽，洋洋／得意——啊，水晶扇！」（que un blanco pavo real / abre su cola, triunfal / abanico de cristal!）——對，一首西班牙語「俳句」，寫成於1900年秋！

1906年，他被任命為國家博物館考古學教授。1907年，又續任公共教育部官員。塔布拉答的政治際遇，使他在1909年至1910年間——「墨西哥革命」（1910年11月-1920年）前夕——為長期獨裁的波菲里奧・迪亞斯（Porfirio Díaz，1830-1915）總統辯護，而與反對迪亞斯連任的馬德羅（Francisco I. Madero）立場相左。1911年5月，塔布拉答受派前往巴黎研究歐洲檔案保管系統，於1912年2月返國，此時迪亞斯已倒台，馬德羅繼任總統。當韋爾塔（Victoriano Huerta）於1913年2月發動政變，推翻馬德羅後，塔布拉答與韋爾塔政府合作，10月間被任命為《政府公報》（*El Diario Oficial*）領導。由於「浪蕩」的舊習復發，他與伊萬荷麗娜的婚姻經歷嚴重危機，最終導致分居。1914年韋爾塔倒台，薩帕塔（Emiliano Zapata）部隊進入墨西哥城，塔布拉答在科約阿坎的傳奇日本房子被劫掠、燒毀，消失的物品包括他尚未出版的小說《中國船》（*Las Naos de China*）的手稿。他被迫流亡美國，獨居紐約。1917年，他與當權的卡蘭薩（Venustiano Carranza）政府和解，於1918年被任命為墨西哥南美外交使團的一員。

1914年流亡前，他出版了一本非常精緻美麗又博學多聞的藝術書《廣重：雪、雨、夜、月的畫家》（*Hiroshigué: el pinto de la nieve, de la lluvia, de la noche y de la luna*），這

14

本圖文並茂，關於日本浮世繪畫家歌川廣重（1797-1858）的專著總共印了三十冊，如今已成藏書家眼中的極品。他將此書題獻給出版過《青樓畫家歌麿》（*Outamaro, le peintre des maisons vertes*，1891）與《北齋傳》（*Hokousaï*，1895）兩書的法國小說家、藝評家龔固爾，向這位他奉為導師的浮世繪研究先驅致敬。書中談到廣重的師父歌川豐廣（1773-1828）「江戶八景」中《上野晚鐘》此畫時，塔布拉答引了俳聖芭蕉的一首作品，以西班牙語譯寫出（這是他第一次寫到日本俳句！）——「Una nube de flores! / Es la campana de Ueno / O la de Asakusa?...」（直譯：一朵花雲！／是上野的鐘聲／或者淺草？……），日文原詩是「花の雲鐘は上野か淺草か」，拙譯《但願呼我的名為旅人：松尾芭蕉俳句300》裡譯為「櫻花濃燦如雲，／一瓣瓣的鐘聲，傳自／上野或者淺草？」——花雲團團，讓鐘聲難辨，分不清到底是聽到花之聲，還是看到鐘之花？誠芭蕉曼妙名句。塔布拉答認為豐廣「上野晚鐘」畫題非常詩意，一定是受詩作啟發後，取詩人之筆為畫筆。他接著寫說：

但翻譯此類日本詩歌未免不敬，其原作具有一種令人讚佩的印象派簡潔感，跳躍、不連貫乃其特點。不能讀日語原詩的人不會喜歡它們。構成此詩的八個字（指原詩中「花の雲鐘上野淺草」此八字）對已懂門道的讀者來說，暗示著隅田公園裡盛開如團團雲霧的粉紅色櫻花，在隅田川畔向島此一迷人景點，不遠處寺廟晚鐘響起的黃昏時刻……

15

而對於這八個字的魔力，對於這十七個音節蘊含的召喚，日本讀者讀到的是：「櫻花燦放如是，讓人誤以為是遠方的一團雲……但我不知道遠處傳來的鐘聲是來自上野寺，還是淺草寺？」

當時不太有能力閱讀日文原作的塔布拉答，下筆成此知感並濟之解詩文字，實情應是他借鑒了阿斯頓（W. G. Aston）寫的英文版《日本文學史》（*A History of Japanese Literature*，1907）或盧朋（Michel Revon）法譯的《日本文學選：從起源到20世紀》（*Anthologie de la littérature japonaise dés origines au XXe siècle*，1910）兩書裡對芭蕉此詩的譯介、賞析。

觀賞、研究浮世繪讓塔布拉答開始理解到詩與繪畫的「互惠」關係——詩可以汲取繪畫作品中的凝聚力和均衡感，以達到新的「詩意高度」。他也體會到可以借精簡、凝練的俳句此一詩型，為他先前詞藻過多、略顯臃腫的現代主義詩歌瘦身。《廣重》這本藝術專著一方面預示了塔布拉答後來寫的《墨西哥藝術史》（*Historia del arte en Mexico*，1927）一書，一方面也為他幾年後即將接連迸生的《一日……》、《李白與其他詩》、《花壺》（*El jarro de flores*，1922）等新穎的俳句集、圖象詩集開路。

1918年，塔布拉答詩集《在日月下》（*Al sol y bajo la luna*）出版，一本兼容並蓄、過渡性的詩集，既有那些與第二版《花環》中的詩題旨相近，本可以收入其中之作，也有一些明顯受到紐約生活影響之作，譬如那首題為〈……？〉，

16

以讓人印象深刻的「走過第五大道的女人們，／這麼接近我的眼睛，又這麼遠離我的人生……」（Mujeres que pasáis por la Quinta Avenida, / tan cerca de mis ojos, tan lejos de mi vida...）起頭的詩作——這兩行詩常被人單獨取出，視為一首頗富當代感的「生」之（俳）句。最可注意的是那些預示著俳句極簡美學和圖象詩趣味的詩作，譬如〈草地網球〉和〈月亮〉兩首。塔布拉答開始展現他往後詩作中常在的簡潔與凝練感，《花環》中稠密的詞彙和複雜的詩行漸被簡短的詩的篇幅和詩型取代。此年他的報導文集《巴黎日夜》（Los días y las noches de París）亦於巴黎出版。

二

　　1917年春天，塔布拉答在紐約遇見來自古巴的尼娜‧卡布雷拉（Nina Cabrera）。他擔任她的法語家教老師。她家在古巴有蔗園、糖廠。他們很快地相戀，而後於1918年10月結婚。與墨西哥政府重新合作的塔布拉答，成為外交使團的一員，其任務是在南美洲進行有利於墨西哥政府的宣傳。年底時，他與新婚妻子一起前往南美，在尼娜老家哈瓦納待了幾天後，經巴拿馬於1919年初抵達哥倫比亞首都波哥大，新居於此，發表文章、演講，頗受當地媒體和年輕詩人們的歡迎。由於健康原因，他很大一部分時間住在海拔比首都低的拉埃斯佩蘭薩（La Esperanza）的「希望旅店」（Hotel La Esperanza）——一個位於山中的避暑勝地。1919年2月至5月間，他在此完成了被他稱是《一日……：合成詩》（Un día... poemas sintéticos）的這本西班牙語俳句集。副標題「合

17

成詩」大概指「東學」（日本俳句詩型）與「西學」（西班牙語詩創作）的互為體用，也是一種謙稱，表示自己是「仿俳句」，非純正日本俳句。傳統日本和歌或俳句集每依季節序，組合、呈現春、夏、秋、冬四類詩作。《一日……》俳句集則依早晨、下午、傍晚、夜晚之序收納37首俳句，外加序詩、尾聲兩詩，描述一日中之自然現象——一日也就像一年、一世。書前有題詞「獻給女詩人千代尼及詩人芭蕉親愛的身影」，代表塔布拉答起碼讀過並喜歡這兩位男女「俳聖」之作。書中俳句都有一個標題，大多是小動物或植物之名。塔布拉答為每首俳句附上一幅他自己畫的水彩畫——大致上先有詩，但有時會先有畫——這種詩與畫的對話類似「詩中有畫、畫中有詩」的中國文人畫，但更接近以簡約的畫筆和俳句相激盪、富禪意的日本「俳畫」（haiga）。這本1919年9月於委內瑞拉首都卡拉卡斯出版的俳句集（共印200冊）是西班牙語詩歌的里程碑，將日語俳句引入了西班牙文學，以簡潔的詩歌語言刷洗西班牙語現代主義詩歌過分雕琢、浮誇的修辭，將「日本趣味」與現代審美感、將清新的文字與圖象，極好地結合在一起。人們常說，墨西哥的前衛藝術從此書開始。

日語俳句是極簡的詩型，通常只有5-7-5、十七個音節，每將一陰一陽似的兩個相衝突之力融合成一獨特的意象，卻不說明、不明說，乃是跳躍式地讓讀者自己摸索、察覺其隱含的統一性——一靜一動間迸發出「頓悟」的火花，讓你心頭一震。試舉《一日……》中的幾個詩例：

眾歌齊放：／悅耳動聽的鳥舍／是一座巴別塔（〈鳥舍〉）

蜂蜜不斷從／蜂巢滴落：每一滴／都是一隻蜜蜂……
（〈蜜蜂〉）

嫩柳——／像金，像琥珀，／像光……（〈楊柳〉）

孔雀，巨大的輝煌，／昂然穿過民主的雞場／像一列遊
行隊伍（〈孔雀〉）

短暫的婚禮遊行：／螞蟻們拖著／柑橘花瓣……（〈螞
蟻〉）

雖然不曾把屋子搬走／一步一步，像搬家用貨車／烏龜
在小路上挪動（〈烏龜〉）

一塊塊泥巴：／陰暗的小路上／蟾蜍們跳躍（〈蟾蜍〉）

滿樹螢火蟲——／夏季的聖誕節？（〈螢火蟲〉）

黑夜是海，／雲是貝殼，／月亮是珍珠……（〈月亮〉）

　　有些俳句對照其畫閱讀，更讓人莞爾一笑，或拍案叫好：

長條的火箭——／竹子一升空，即彎身／化為一陣翡翠
雨（〈竹子〉）

以蜂巢為目標，箭頭／牢釘其上——黃蜂們歸心似
箭……（〈黃蜂〉）

往湖邊，往靜處，往樹蔭處？／雪白天真的天鵝／脖子
彎曲成問號自問（〈天鵝〉）

塔布拉答一定沒聽過「歸心似箭」這個中國成語（他西班牙語原詩也沒說「歸心似箭」），但他畫出了「歸心似箭」！上面最後一幅畫裡的天鵝，脖子一彎，讓全身成為一個顛倒的問號——西班牙語的問句，就是以一個顛倒的問號開始的……。還有一首〈雲朵們〉，立體造型（再次預示他即將來臨的圖象詩集）——本身就已是插圖：

　　　／疾行過安第斯山脈，

　雲朵們／一山又一山，

　　　／在禿鷹的翅膀上……

　　除了1900年親歷其境的日本行之外，塔布拉答這些西班牙語俳句顯然也受到他所讀到的英譯或法譯日本俳句影響。他見獵心喜地將阿斯頓英譯的一首橫井也有（1702-1783）的俳句「噢，落葉，你們／比我看過的長在樹上的／葉子要多得多！」（木に置て見たより多き落葉哉），改寫成《一日……》裡的〈枯葉〉：「花園裡滿地枯葉——／春天樹上見到的／綠葉，都沒這麼多」。而他的〈飛蛾〉一詩（「你翅膀的枯葉，／啊，飛蛾，又回到／光禿禿的樹枝」）則變奏自荒木田守武（1473-1549）的名句「我看見落花又／回到枝上——／啊，蝴蝶」（落花枝に帰ると見れば胡蝶哉）。塔布拉答當時的藏書裡已有阿斯頓的英文《日本文學史》以及庫舒（Paul-Louis Couchoud，1879-1959）的法文版《亞洲的賢人和詩人》（Sages et poétes d'Asie，1916）。庫舒是哲學家、文學家與醫師，1903至1904年間遊歷日本

20

回法國後深愛日本，特別是其詩歌、俳句，1905年邀友人雕塑家 Albert Poncin、畫家 André Faure 乘駁船共遊運河，三人吟成法語俳句共72首，於此年7月結集為十五頁的小冊子《水上行》（Au fil de l'eau）出版，限印30冊，是世界第一本非日語的俳句（合）集。1906年，庫舒在雜誌上發表關於俳句的長文〈日本的詩意短句〉（Epigrammes poétiques du Japon），頗獲迴響，對俳句在法國的傳播居功厥偉。此文後即收於《亞洲的賢人和詩人》一書，塔布拉答常閱此書，甚至在法譯俳句旁寫下他的西班牙語翻譯。此書與阿斯頓、盧朋等人之書中皆譯有荒木田守武此句，但塔布拉答讀後別出心裁，把蝴蝶改寫成飛蛾，把落花改成枯葉。

　　前述英譯《日本古典詩歌選》的張伯倫，另譯有《芭蕉與日本詩意短句》（Basho and Japanese Poetical Epigrams，1902——後收於其《日本詩歌》），此書1921年10月塔布拉答於紐約書店始買到，應與《一日……》之寫作無直接關連。書中提到一軼聞，說惜生的芭蕉曾將弟子寶井其角某日在野外偶成之句「紅蜻蜓，／拿掉兩隻翅膀——／變成一粒辣椒！」（赤とんぼ翅を取ったら唐辛子）生氣地改成「一粒辣椒，／添上兩隻翅膀——／啊，紅蜻蜓！」（唐辛子翅を付けたら赤とんぼ）。庫舒、盧朋據張伯倫英譯都法譯了此二詩，塔布拉答俳句集裡也有一首〈蜻蜓〉，應是讀庫舒法譯後「換骨」而成，但頗有新意，不輸原作，所附插畫也頗吸睛，引人在瞬間的振翅與永恆的靜止間反思自然與人生的某些共相——「蜻蜓：／有著彩色箔片羽翼的／玻璃指甲」——

　　塔布拉答是首位以西班牙語寫作「俳句」詩的作者,這應無疑問。但他真的是第一位以「非日語」寫作俳句詩的人嗎?真的是第一位以「非日語」出版俳句詩個集的作者嗎?荷蘭人道富(Hendrik Doeff,1777-1835)應該是世界第一位寫作俳句的「非日本人」,他是十九世紀初長崎出島荷蘭商館長,也是荷日語辭典《道譯法兒馬》(*Doeff-Halma*,又名《長崎法兒馬》,1833)的主編。他有兩首以日語寫成的俳句,分別被收錄在日本書畫家白川芝山(玉蕉庵)編的《四海句雙紙・初編》(1816),以及大屋士由(士由處人)編的《美佐古鮓》(又稱《鱐鮓集》,1818)中。兩首俳句拙譯如下:「你的手,疾如/閃電——啊,借我當/旅途中的枕頭吧!」(稲妻のその手借りたし草枕);「春風——/啊,這裡那裡/一艘艘帆船……」(春風やアマコマ走る帆かけ船)——第一首是道富在京都祇園二軒茶屋,看到女僕以超快手速切豆腐,為其著迷而寫之讚歌/情歌,真是絕頂美妙!

　　塔布拉答未出版的小說《中國船》據說初成於1902年,裡面包含以西班牙語寫成的俳句詩,但1914年時手稿被燒毀,如今無從驗證。然而我們至少可以判定他1900年寫成於橫濱的〈日本繆斯〉一詩,最後一節「白孔雀」那三行詩是一首酣暢淋漓的俳句,假如不算原汁原味的話。1900年——比1905年首寫法語俳句的庫舒三人組早五年——所

以塔布拉答是首位以「非日語」寫俳句的作者了，因為荷蘭的道富雖然寫得更早也寫得很好，但是以日語寫成，不是「非日語」。塔布拉答也以1919年《一日……》這本俳句集成為首位以「非日語」出版俳句個集的作者，因為庫舒三人組1905年版那冊收有72首俳句的《水上行》是合集而非個集。

《水上行》的一個特點是此書沒有露出作者名字，你無法辨出哪首詩是三人中哪個人所寫：「風暴正醞釀：／白楊的葉子全都／拍打著翅膀」（L'orage se prépare. / Toutes les feuilles du tremble / Battent de l'aile）；「她用一隻手搗衣／另一隻撥理／她額頭上的頭髮」（D'une main elle bat le linge / Et de l'autre rajuste / Ses cheveux sur son front.）；「花瓶裡／一朵簡單的紙花：／鄉村教堂」（Une simple fleur de papier / Dans un vase. / Église rustique.）——這些俳句式小詩，一百多年後讀起來，依然覺得清新。第二首詩似乎「合成」自芭蕉兩首速寫、禮讚女性的俳句——「她搗衣聲如此／清澄，北斗七星／也發出迴響……」（聲澄みて北斗にひびく砧哉）；「包著粽子／她用一隻手，把劉海／撥到耳後」（粽結ふ片手にはさむ額髮）。庫舒後來曾從《水上行》中「認領」走一些詩，上面第三首是其中之一。

有一位法國作家雖然沒有說自己在寫俳句，但他筆下一些短句真是妙如俳句，而且跟塔布拉答一樣，也喜歡寫鳥獸昆蟲花木。他叫勒納爾（Jules Renard，1864-1910），他的《博物誌》（*Histoires naturelles*），1896年初版時包含45則簡短的故事（有的真的很簡短！）。1899年，另出了附畫家羅

特列克（Toulouse-Lautrec）22 幅插圖的豪華版。1904年，又有畫家波納爾（Pierre Bonnard）畫插圖，收70則故事的擴充版。此處選譯其中幾則，看看塔布拉答在寫《一日……》那些「合成詩」時，是不是可能把勒納爾的鳥獸昆蟲花木魂「合成」在他的俳畫集裡（我們知道的是塔布拉答於1913年11月獲得了一冊勒納爾的《博物誌》，似乎熟讀其書，1919年《一日……》出版後兩個月塔布拉答在寫給友人詩人洛佩斯・維拉德（Ramón López Velarde）的信上提到勒納爾底下〈螞蟻〉一作）——

〔螞蟻：Les fourmis〕
它們每一個看起來都像數字3。／這麼多！啊，這麼多！／3 3 3 3 3 3 3 3 3 3 3 3……直到無限。
（Chacune d'elles ressemble au chiffre 3. / Et il y en a ! il y en a ! / Il y en a 3 3 3 3 3 3 3 3 3 3 3 3... jusqu'à l'infini.）

〔蟲：Le ver〕
看，這裡有一個長長的，伸展開來的東西，像一根可愛的麵條。
（En voilà un qui s'étire et qui s'allonge comme une belle nouille.）

〔螢火蟲：Le ver luisant〕
怎麼一回事？晚上九點，它家還亮著燈。
（Que se passe-t-il ? Neuf heures du soir et il y a encore de la lumière chez lui.）

〔螢火蟲：Le ver luisant〕
那一滴在草叢中的月光！
（Cette goutte de lune dans l'herbe !）

24

〔蟑螂：Le cafard〕
黑黑的，固著在那裡，像個鑰匙孔。
（Noir et collé comme un trou de serrure.）

〔驢：L'âne〕
一隻長大了的兔子。
（Le lapin devenu grand.）

〔蝴蝶：Le papillon〕
這封對折的情書正在尋找一個花的地址。
（Ce billet doux plié en deux cherche une adresse de fleur.）

〔跳蚤：La puce〕
一顆有彈簧的煙草種子。
（Un grain de tabac à ressort.）

〔蛇：Le serpent〕
太長了。
（Trop long.）

　　塔布拉答非常敬佩的法國詩人阿波里耐爾（Guillaume Apollinaire, 1880-1918），1911年時也出版了一冊由畫家杜飛（Raoul Dufy, 1877-1953）畫插圖的《動物寓言集：或奧菲斯的隨員們》（*Le bestiaire : ou, Cortège d'Orphée*），全書共30首詩，以有韻的四行或五行詩描繪龜、馬、藏羚羊、蛇、貓、獅子、海豚、章魚、水母、貓頭鷹等26種動物（塔布拉答《一日……》裡用的則是有韻的三行或二行詩）。且邀阿波里耐爾書裡的三、五動物出來對陣：

〔貓：Le chat〕
我希望在我的房子裡／有一個有理性的女人，／一隻貓

25

在書間穿梭，／一年四季友朋在座──／沒有這些我活不下去。

（Je souhaite dans ma maison: / Une femme ayant sa raison, / Un chat passant parmi les livres, / Des amis de toute saison / Sans lesquels je ne peut pas vivre.）

〔毛毛蟲：La chenille〕
工作帶來財富哪。／窮詩人們，工作吧！／毛毛蟲不停地勞動／翻身為富麗之蝶。

（Le travail mène à la richesse. / Pauvres poètes, travaillons! / La chenille en peinant sans cesse / Devient le riche papillon.）

〔跳蚤：La pucet〕
跳蚤，朋友，甚至戀人，／愛我們者，無一不殘忍！／我們的血全為他們流淌。／啊，被熱愛真悲慘。

（Puces, amis, amantes même, / Qu'ils sont cruels ceux qui ous aiment! / Tout notre sang coule pour eux. / Les bien-aimés sont malheureux.）

〔孔雀：Le paon〕
那一輪尾羽展開時，這隻鳥，／長羽毛拖曳在地，／顯得比先前還美麗，／卻露出了屁屁。

（En faisant la roue, cet oiseau, / Dont le pennage traîne à terre, / Apparaît encore plus beau, / Mais se découvre le derrière.）

三

　　1920年2月辭外交使團之職回紐約續為政府效勞的塔布拉答，在離開墨西哥前，於1月6日在卡拉卡斯出版了他一

生中能見度最高、聲量最大的一本創作——圖象詩集《李白與其他詩》。這本詩集收錄了長詩〈李白〉以及其他17首圖象詩（本書有8首未譯），厚僅56頁，卻是西班牙語文學史以及二十世紀世界詩歌史上一本重要之作。

小塔布拉答九歲的阿波里耐爾與小塔布拉答二十二歲的智利詩人烏依多博（Vicente Huidobro，1893-1948）是1910年代國際前衛運動中圖象詩創作的兩位重要探索者。烏依多博1913年在智利出版詩集《夜歌》（*Canciones en la noche*），收有合為「夏日日本」一輯的四首圖象詩——〈和諧的三角〉（Triángulo armónico）、〈清新日本〉（Fresco nipón）、〈日本風〉（Nipona）以及〈村莊教堂〉（La capilla aldeana），前三首皆為含有兩個三角形的圖象詩作。1916年，他從智利移居巴黎，1917年出版法文詩集《方形的地平線》（*Horizon carré*），其中也有多首圖象詩。阿波里耐爾是二十世紀法國第一個大詩人，與畢卡索、布拉克（Georges Braque）、夏考白（Max Jacob）等年輕藝術家和作家密切交往，是藝術界「新精神」的中樞，1913年出版評論集《立體派繪畫》和詩集《酒精集》（*Alcools*），1918年出版詩集《圖象詩》（*Calligrammes*）——副標題「和平與戰爭之詩（1913-1916）」——他從1913年到1918年過世為止共創作了約150首圖象詩，可說是二十世紀現代詩開天闢地人物。

我們在不知會有「網路時代」的上世紀1980年，著手編譯一本拉丁美洲詩歌選集，從當時竭力購到的多本外國相關書籍中選譯了六首塔布拉答俳句（〈孔雀〉、〈烏龜〉、〈蟾蜍〉、〈飛魚〉、〈西瓜〉、〈失眠〉）以及五首烏依多博詩作，

包括圖象詩〈日本風〉——後都收入於1989年出版、厚640
餘頁的拙譯《拉丁美洲現代詩選》中：

啊

來吧，

從吉原那個

樂土來的奇葩。

來吧，小日本玩偶，

讓我們一塊兒盡情漫步於

神奇美妙的綠松玉色池塘邊，

在伸展著縞瑪瑙紗幕的天空底下。

許我吻你被

一個邪惡的

野蠻欲望嚇

得扭曲而顫

抖的臉吧。

啊允許我：

在我眼中你

像塊餅乾！

你的眼睛是兩顆橢圓而耗神的水滴

你的臉在黃中透露象牙的顏色

而你有著虛幻奇異的夢般

懾人的魔力。看哪，

薄金葉上白色且

發出香味的

玫瑰：

茶

　　當時的資料中也出現了塔布拉答《李白與其他詩》中
〈交替的夜曲〉這首圖象詩，但我們沒有譯，大概覺得烏依
多博上面〈日本風〉一詩兼容圖象詩與東方主義兩大特色，
更醒眼些。烏依多博是「創造主義」（creacionismo）的創立
者，「詩人是小上帝！」是他的格言。在他的美學架構裡，
詩人，即創造者，統御了一切。他宣稱「詩人的第一任務是
創造，第二是創造，第三還是創造」。〈日本風〉為其二十

28

歲之作，應未受阿波里耐爾影響，以雙三角形喻藍天綠水，詩人與日本小玩偶漫步其間。以今日眼光看之，似非飽富想像力，但才華和精神仍值得肯定。與之相較，塔布拉答《李白與其他詩》裡最早的一組圖象詩「象形的情歌」（Madrigales ideográficos）就更具創意了：

〈匕首〉

```
        你  你
        的  的
        第  第
         一眼一
        你激情的第一眼
         我依然
          覺  得
          像  隻
          匕  首
          牢  刺
          在我
           心
           中
           ：
```

〈紅高跟鞋〉

```
            致      豔  紅
          你    命  般      色
        著                      的
        看                      高
      我              的  心  在  跟
    當              我          淌  鞋
      我  感  覺                血  時
```

這兩首〈匕首〉和〈紅高跟鞋〉，詩的文本與造型皆簡潔、銳利如俳句，讀後如匕首般給人一刺，腦洞欣然為之而開。兩圖象詩構成一幅具有戲劇張力的靜物畫——詩人的心被他所戀的「致命女性」（femme fatale）的目光所刺，滴下的血更加染紅了她原本已豔紅的鞋跟……。文字與圖形雙重「聲線」，一方面互相辯證，一方面協力達成此戲劇獨白之演出（一如由兩行「聲線」漸匯為一銳利刺點的〈匕首〉此詩造型所呈現）——既依靠文字／聽覺的聲線，也運用了彷彿也抑揚有致、充滿動力的圖形／視覺的聲線，做到了塔布拉答自己說的「同時進行抒情（吟唱）的與圖形的表達」（expresión simultánea lírica y gráfica）——塔布拉答此後完成的許多圖象詩皆如是，特別是〈李白〉此一長詩。

「象形的情歌」這組詩他在詩集裡寫說成於1915年，其實是1916年所作。何以虛報作品年齡？塔布拉答一直否認自己的圖象詩受阿波里耐爾影響，因為害怕被貼上模仿者而不是創新者的標籤，他應該在1915年已獲知阿波里耐爾1914年首次發表的五首圖象詩 ——〈越洋信〉（Lettre-Océan）、〈風景〉（Paysage）、〈旅行〉（Voyage）、〈心，王冠與鏡子〉（Cœur couronne et miroir）、〈領帶和手錶〉（La cravate et la montre）——阿波里耐爾稱之為「抒情的象形詩」（idéogrammes lyriques）。塔布拉答想讓別人以為他1915年在紐約完成「象形的情歌」後，方知阿波里耐爾前一年在巴黎發表圖象詩。「象形的情歌」西班牙語標題中的「ideográficos」（象形的／表意的）一字相當於法語的「idéogrammes」——他是受了影響，一如烏依多博1917年詩集《方

30

形的地平線》也有一首仿阿波里耐爾但頗可愛的同名作〈風
景〉，將代表月亮、大樹、高山、河流、草地的五個獨立圖
象並置為一幅表情豐富的風景畫，以之獻給畢卡索：

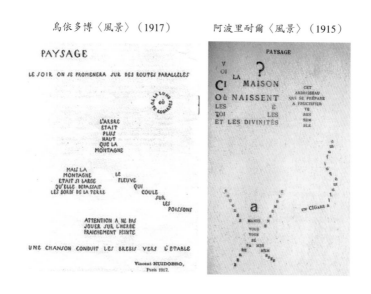

烏依多博〈風景〉（1917）　　　阿波里耐爾〈風景〉（1915）

　　我們可以理解塔布拉答此種「影響的焦慮」，特別當焦
慮來源是比自己年輕的創作者時。但他其實不必有亦步亦趨
之憂，因為1920年出版的《李白與其他詩》這本詩集已充
分展示出他自己獨特的風格。他取法法國現代詩，又乞靈於
東方的中國、日本（難怪他引馬拉梅的法文詩句「Imiter le
Chinois au coeur limpide et fin...」〔模仿那有顆清澈細膩心的中
國人……〕作為詩集題詞）──李白／唐詩與日本俳句的簡
潔，他對象形文字中文造型的好奇與想像，激發他大膽創作
出令人驚歎的圖象詩作。在長詩〈李白〉裡，他不只是畫一

幅「風景」，而是將之攤開、伸延成中國山水或清明上河圖式長卷，但是極簡風格的──極簡的（李白個人）史詩，極簡的他個人的墨西哥／西班牙語微壁畫……百年後的今天，打開這本詩集，猶讓人覺得驚奇不斷，且非常可親可感。

此書第一部分〈李白〉這首長詩（或組詩）由二十多首小圖象詩構成，融圖象詩與俳句元素於一爐，化用李白童年、少年期故事，貴妃捧硯、水中撈月等軼聞，以及著名的〈月下獨酌〉一詩與其他零星詩句，向李白這位自由不羈的詩人及詩歌致敬。全詩以稱李白為「酒中七賢」（混搭竹林七賢與杜甫所吟飲中八仙而成的奇怪稱謂）始，以李白抱水中月而逝終。李白生平或作品中的幾個主要意象（螢火蟲、酒、月……）陸續出現詩中，並藉小圖象剪影出李白、螢火、蟾蜍、鳴鳥身姿，高塔、燈籠、水中月、酒壺、穹蒼、弦月、滿月等。

塔布拉答未曾到過中國，也不諳中文，大家很好奇他對中國的認識從何處來。學者們多年爬梳後發現，他寫作〈李白〉一作憑藉的「工具書」主要有二：翟理斯（Herbert Giles，1845-1935）著的英文版《中國文學史》（History of Chinese Literature，1901），以及惠特爾（James Whitall，1888-1954）英譯的《中國抒情詩》（Chinese Lyrics，1918）──此書據前述譯過日本短歌的法國才女朱迪特・戈蒂埃法譯的《白玉詩書》（Le livre de jade，1867；增訂版，1902）選譯、轉譯而成。塔布拉答詩中提及的李白生平軼事都來自翟理斯的《中國文學史》，詩開頭竹林、螢火蟲等意象也都據翟理斯書中所述迸生。「而李白如是下筆」（y

32

Li escribe así）以下那一整首〈月下獨酌〉都是借翟理斯的英譯轉譯寫成。但塔布拉答的確有才，最後還能以將滿月比成「水晶鑼」此一自創之奇喻圓滿終結其〈李白〉此一妙作。

巴爾德斯（Hector Valdés）編的《塔布拉答作品全集I：詩歌卷》（*José Juan Tablada: Obras I – Poesía*，1971）中收錄有三首塔布拉答之作——〈在河邊〉（Junto al río）、〈沉醉於愛〉（Embriaguez de amor）、〈禁忌之花〉（La flor pro-hibida），其實都是根據惠特爾英譯的《中國抒情詩》西譯而成的李白詩作，但「一譯再譯」下，離李白原作已甚遠。塔布拉答〈李白〉一作中化用的李白零星詩句，因此也很難還原出其中文原句。

塔布拉答譯的〈在河邊〉前四行「A la orilla del río / las doncellas se bañan entre los lotos; / no se les ve desde la playa / mas óyense sus risas cuando estallan」，譯回中文大約是「在河邊／少女沐浴於蓮花叢間；／你在岸上看不到她們，／但可以聽到她們爆出的笑聲」，對應李白原作應是其〈採蓮曲〉——「若耶溪傍採蓮女，笑隔荷花共人語；日照新妝水底明，風飄香袂空中舉」。讀到塔布拉答長詩〈李白〉中「女子們的容顏映於湖水中」（rOstrOs de mujeres en la laguna）一句時，學者們猜測其靈感可能來自此詩，但其譯詩〈在河邊〉中並無臉映於湖水中之描寫，而〈採蓮曲〉原詩中水中所映乃日照而非塔布拉答所期望的月光。李白詩〈憶舊遊寄譙郡元參軍〉中有句「百尺清潭寫翠娥，翠娥嬋娟初月輝」，應更接近塔布拉答詩氛圍，日本學者小畑薰良英譯的《李白詩集》（*The Works of Li-Po*）中收有此詩，但此書1922

33

年才會在紐約出版，1920年之前塔布拉答有機會讀到此詩嗎？其實，李白原作是什麼，對他而言，並不重要——重要的是它們是助他放膽憑新翼而飛、奔馳想像的東方跳板。

　　長詩〈李白〉中的中國元素，讓塔布拉答的圖象詩創作確然有別於阿波里耐爾。譬如他借中文「壽」字打造一「表意符號的燈籠」（la lámpara del ideograma），將詩句寫於燈籠上面大大的「壽」字的各個筆劃中，向李白、向永恆的詩／藝祝讚：「毛筆是一隻蠶／被一隻白皙的手導引／在紙上形成／黑色的蛹／神秘的象形文字／一個奇想如一朵花／破繭而出／張著飛翔的金翅／纖細神秘的火焰／在表意符號的燈籠中」——

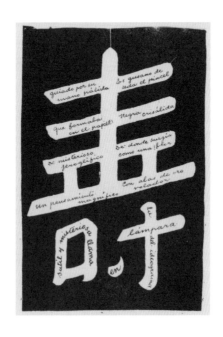

《李白與其他詩》第二部分「其他（圖象）詩」中，有幾首帶有阿波里耐爾圖象詩立體主義、未來主義傾向（譬如〈哈瓦納的回憶〉〔Impresión de La Habana〕、〈複調的霞光〉〔Polifonía crepuscula〕、〈我住的那條街〉〔La calle donde vivo〕），因為不易譯或接近「不可譯」，就未再現於本書中了。另有一首圖象詩〈鏡子〉（El espejo），乍看讓人想到阿波里耐爾的〈心，王冠與鏡子〉。比較閱讀後你會發現，相對於阿波里耐爾新穎形式下潛藏的加冠、聖化的浪漫情懷，塔布拉答的〈鏡子〉讓我們看到他始終是一個解構、質疑，打破因襲、破壞偶像的不安分子，但這樣的不安，何其誠實又讓人同有所感啊——

阿波里耐爾〈心，王冠與鏡子〉　　　　　塔布拉答〈鏡子〉

四

　　塔布拉答第二本俳句集《花壺：抒情的解離》（*El jarro de flores... disociaciones líricas*）於1922年在紐約出版，全書分成九輯——「在路上」、「在園中」、「動物寓言」、「風景」、「海景」、「暗影時鐘」、「樹木」、「水果」、「微型劇」——總共62首俳句，每輯3首至12首不等。最後一首俳句之末標有「哥倫比亞，委內瑞拉，墨西哥，1919-20年」等字眼，應指這些俳句寫作時間、地點。他稱此書為1919年俳句集《一日……》的「姐妹書」（libro hermano），看來他1919年在哥倫比亞時已開始構想此書。

　　最初，詩人試圖和第一本俳句集一樣，創作一些伴隨詩句的水彩畫——這兩張是1919年9月畫於委內瑞拉首都卡拉卡斯者：

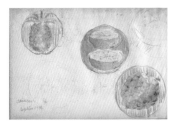

螞蟻群登上／格列佛般，一動／不動的一隻蟋蟀（〈在小人國〉）

詩人將無怨無悔地向你／歌唱，手插在腰上——／哦，我健康食譜裡的水果！（〈水果〉）

以滿滿／兩個金半球杯的蜂蜜／解我渴（〈橘子〉）

啊，熱帶情郎在你／乳白的果肉裡，看到／他心愛的人的乳房！（〈刺果番荔枝〉）

但最終改成在每輯開頭附上畫家莫嘉德（Adolfo Best Maugard）的插圖。

　　此書副標題「抒情的解離」，與前一本副標題「合成詩」一樣讓人費解，還好他在此書「前言」中自己解釋說「合成詩」以及這些「抒情的解離」，只不過是被他引入西班牙語的日本俳句樣式的詩歌——他以「『發句』或『俳諧』」（"hokku" o "haikai"）指稱俳句，這也是他首次直說自己所寫為俳句。與前一本俳句集一樣，此本《花壺》也多以鳥獸昆蟲花木自然為題材，以巧妙的比喻、曲喻，精準有趣地呈現其特徵，喚起我們對這些動植物們的同情和喜愛，但塔布拉答這本俳句集裡的詩作更從容自在、更能舉重若輕，有些則刻意不強調傳統俳句中對立元素之衝突，而淡淡描述之，有多首早已是經典：

夏日，豔紅冰涼的／笑聲：／一片／西瓜（〈西瓜〉）

黃金陽光的撞擊：／海的玻璃窗大片小片地碎裂（〈飛魚〉）

綠色的麵包鋪裡，你闊氣地展示被／驕陽烤出的金黃色，噢，熱帶的麵包！（〈香蕉〉）

建築有術的大王椰子立了／一根圓柱，它的葉子們／跟著欣然奉上了一個圓頂（〈大王椰子〉）

水仙開花時提供／黃金和象牙的／小杯盤……還有茶香！（〈水仙〉）

天真的螢火蟲潛入／最亮的月光中，而非／陰影中，躲捕螢者……（〈螢火蟲〉）

黃昏一景：／燕子，繞著月亮／進行「翻筋斗飛行」（〈翻筋斗〉）

在我看著它的那一刻轉瞬即逝，／連接天與地的一條
　　虛線……／對它金色的啜泣，我報以歎息（〈流星〉）
燕子發出短促的叫聲，在天空中／為無窮盡的時間空間
　　打卡、標記（〈6 p. m.〉）
飛蛾們／從牆上掉落／像時間一樣灰濛濛（〈6.30 p. m.〉）
青蛙在沼澤中／冒音樂泡泡／迸裂出一朵朵水花……（〈7p.m.〉）
冷酷的鴟鵂對／飛往魔宴的貓頭鷹女巫咯咯大笑（〈10p.m.〉）
時鐘似一點一點／咬嚙向午夜，它的回聲是／老鼠分針
　　般的尾巴……（〈12 p. m.〉）

　　就像看齊白石畫的蜜蜂時，你會同時聽到嗡嗡聲，四十
年前第一次譯讀上面第一首詩〈西瓜〉時，我們也大「吃」
一驚，感覺甜意、涼意躍然紙上……第二首〈飛魚〉讓我們
每次開車在花蓮海岸公路上時，都忍不住多看幾眼太平洋上
大大小小金黃的碎片，陳黎1993年出版的《小宇宙：現代
俳句一百首》裡還藏了這樣一首俳句──「哪一位開玩笑的
神從天上／丟下一塊透明的巨石：／盛夏破裂而燦爛的海的
鏡子」。後來我們發現戲劇、小說、詩三棲的愛爾蘭奇才諾
獎作家貝克特（Samuel Beckett）也譯過這些詩，他英譯的
《墨西哥詩選》裡收有塔布拉答俳句22首。上列詩作中最後
五首出自由七首俳句組成的「暗影時鐘」這輯詩，相對於詩
集《一日……》，或可稱為《一夜……》。塔布拉答在《花壺》
前言裡提到俳人能歡笑、能省思的「混合靈魂」（alma mix-
ta）。如果白日是幽默的時間，那麼夜晚就是冥想的時間，
「暗影時鐘」是飛蛾、青蛙、蟾蜍、鴟鵂、貓頭鷹、老鼠的

世界，在那裡靈魂不尋求妙想諧思，而是鑽研生存的幽暗、難解——「為無窮盡的時間空間打卡、標記」。阿根廷作家波赫士（Jorge Luis Borges）參與建立了「絕對主義」（ultraismo）運動，主張給隱喻「最大的獨立」，縮短了拉丁美洲詩與超現實主義的距離。塔布拉答與此運動雖無關連，但他「將詩濃縮進最原始的元素：隱喻」，自由使用隱喻／意象，許多時候的確做到了絕對主義者1922年所聲言的「每一句詩都有它個別的生命，並且代表著獨創的靈視」。〈7 p. m.〉與〈10 p. m.〉兩首讓人想及瑞典諾獎詩人特朗斯特羅默（Tomas Tranströmer）俳句詩《巨大的謎》（2004）裡響自沼澤的無厘頭歌聲與笑聲——「我與高采烈，／群蛙在波美拉尼亞／沼澤歌唱」（Min lycka svällde / och grodorna sjöng i de / pommerska kärren.）；「躍出沼澤！／鯰魚笑得全身顫動／當松樹敲十二下」（Kom upp ur kärret! / Malarna skakar av skratt / när furan slår tolv.）。

不安、求變的塔布拉答在這本俳句集裡又朝新的方向前行。第一輯「在路上」包含十二首詩，可以個別讀之，但串連起來就像是微型的芭蕉《奧之細道》式俳文遊記——此處的「在路上」（De Camino）作為文學作品名稱映現書上，比凱魯亞克（Jack Kerouac）的《在路上》（On the Road，1957）早35年。第一首詩「希望旅店」，正是上一本俳句集寫作地點，哥倫比亞拉埃斯佩蘭薩山中避暑旅店，被詩人喻為綠色山林之海中以「希望」為錨的一艘船——這「希望」似乎也安植於詩人心中。詩人告別此地，穿過群山，凝視著滯流的河水，路邊的蘑菇，他像朝聖者般步入自然，聆聽、

體會其律動。但現在自然也有其危險，「毒蛇正在過馬路！」
（〈瞭望塔〉），「風暴迫近……」（〈風暴〉），還好他聽到狗
吠，可供歇腳的茅舍已在望，一夜休息後繼續上路，晨光中
「山路上的亂石……熠熠生輝」——這一句似乎更近唐詩而
非俳句：

> 翡翠海中靜泊的／一艘船，／以你的名字為錨（〈希望
> 旅店〉）

> 這多色的蘑菇／看起來像／日本蟾蜍的傘！（〈蟾蜍〉）

> 蜿蜒於地面上，突然間將自己／埋葬起來——橡膠樹的
> 根／像一條蛇……（〈根〉）

> 麥穗假裝是毛毛蟲／或蝴蝶的學徒，／在麥稈頂端擺
> 動……（〈麥田〉）

> 雙腳翻山越嶺六小時，／遠處一隻狗在叫……／茅舍裡
> 可有什麼東西果腹？（〈在路上〉）

> 腳下銀色的乾河床／山路上的亂石／日曬雨淋，熠熠生
> 輝（〈亂石灘〉）

> 夜間小路上幾乎不動的／兩道光：是貓頭鷹？／或者一
> 輛車……？（〈…？…〉）

最後一首的標題「…？…」，非常圖象、醒目，但也精
準、有創意，真像是貓頭鷹或一輛車的兩隻眼睛！塔布拉答
也許希望自己和芭蕉一樣，日以繼夜，在鄉村（「貓頭鷹」）
和城市（「車」）間不斷修／行。《花壺》中許多輯詩都可
以像這樣讀到一些前後呼應的情節或情趣，譬如「在園中」

裡相連的兩首,「晴天 ——:每一朵花／都有一隻蝴蝶……」;「雨天——:每一朵花／都成了淚壺……」。塔布拉答從傳統俳句出發,但漸行漸遠,開拓了一些新的視野。這本俳句集裡雖也有一首以芭蕉取中國畫「枯木寒鴉」之題而成之句「枯枝／寒鴉棲:／秋暮」(枯朵に鳥のとまりけり秋の暮)為底本之作,但冒出的卻是全新的感覺——「蜻蜓堅持／把自身透明的十字／釘在光禿、顫抖的樹枝上……」(〈蜻蜓〉)。他讓日本俳句「入境隨俗」,將其美洲化,賦予其熱帶的光芒,在其中加入了大王椰子(palma real)、刺果番荔枝(guanábana)、甜百香果(granadita)、稚冠雉(guacharaca)、綠尾鷯鷚(tucuso montañero)、橡膠樹(caucho)、鱷魚(caimán)、美洲豹(jaguar)、長尾鸚鵡(perico)、土狼(coyote)……且進一步跳脫傳統俳句「季題」、「季語」的限制,將之適度故事化、散文化、心理劇化,多方展示他前衛和創新的能力。

因此,「動物寓言」也就是「人性寓言」,而「海景」中也映現了人類「心景」:

滿載貨物後／飽受蒼蠅之擾的驢子夢想著／翡翠般天堂……(〈驢子〉)

小猴子看著我——／想告訴我某個／它忘了的事情!(〈猴子〉)

紫色長尾鸚鵡／棲息在它綠色籠子裡,／鄙視我的驚訝……(〈長尾鸚鵡〉)

女性的浪向我展示,／在她白色肉體中央／那讓魏爾崙

41

心神不寧的貝殼（〈貝殼〉）

有時，像人類一樣，有自殺傾向，／鵜鶘把巨大的喙／
　　刺向岩石，尋死（〈鵜鶘〉）

最可觀的是最後一輯有十二首詩的「微型劇」，雖微型
其共性廣佈古今人間，不管你名之為（以第一首小狗的「英
雄氣概」而言）阿Ｑ精神或唐吉訶德精神。第一本俳句集裡
的光彩、新鮮、幽默和樂觀，在這裡摻入了悲傷和憂鬱的感
覺、內省的基調，但更具精神深度。在這些「微型劇」中，
我們看到了日本俳句中不曾出現的主題——「幼稚園」、
「信」、「………」、「致評論家」、「失眠」、「身分」：

忠誠的小狗終於揚眉吐氣告捷：／被它的吠叫所嚇／火
　　車飛快地逃跑了……（〈英雄氣概〉）
一隻鳥在籠子裡唱道：／為什麼孩子們自由／而我們被
　　囚？（〈幼稚園〉）
我徒勞地在無法挽回的／分手信中，尋找／一滴淚的痕
　　跡……（〈信〉）
就像水一樣，夢如果／凝結、有結果了，只是／冰……
　　（〈………〉）
在黑板上加總一個接一個／磷光的數字……（〈失眠〉）
黑人妓女／流下的淚，和我的／一樣白……（〈身分〉）

塔布拉答的俳句詩從「仿俳句」漸成了「反俳句」，但
俳句的精神，前衛的動力始終在焉。

五

　　拙譯《微物的情歌：塔布拉答俳句與圖象詩集》共分五部分，以中間三個部分──塔布拉答兩本俳句集《一日⋯⋯》、《花壺》以及圖象詩集《李白與其他詩》的中譯──為主體。第一部分「前奏」中，追溯、選譯了他早期一些顯露對東方以及俳句或圖象詩寫作興趣之詩作。第五部分「尾奏」則呈示了未再有新俳句集或圖象詩集出版的他，晚期一些俳句或警句式詩作，主要選自巴爾德斯編的《塔布拉答作品全集 I：詩歌卷》中《交點》（*Intersecciones*）此一其生前未出版的詩作集。

　　1920 年之後塔布拉答大部份時間都在紐約度過，直到1935 年。他在紐約經營一家書店，擁護墨西哥藝術，支持奧羅斯科（José Clemente Orozco）與里維拉（Diego Rivera）等墨西哥現代主義畫家，1927 年在墨西哥出版了前述《墨西哥藝術史》一作，心思與寫作主題也回到墨西哥歷史與民俗，1928 年在紐約出版了詩集《市集：墨西哥之詩》（*La feria: poemas mexicanos*），此年起他成為墨西哥語言學院通訊院士。1935 年返回墨西哥後，定居在墨西哥城南邊的庫埃納瓦卡（Cuernavaca）市。1937 年出版回憶錄《生命的市集》（*La feria de la vida*）。1938 至 1939 年擔任在墨西哥出版的英文雜誌《墨西哥藝術與生活》（*Mexican Art and Life*）主編。1941 年獲選為墨西哥語言學院終身院士。1944 年，在妻子尼娜協助下出版生前最後一本書《從幽默到歡笑》（*Del humorismo a la carcajada*），收集了他寫的警句、即景詩、幽默文章等。1945 年被任命為外交部駐紐約領事館秘書，到

任幾周後，不幸於1945年8月2日因心臟病在紐約去世，遺體被移回墨西哥，1946年11月葬於「名人環形墓園」（Rotonda de las Personas Ilustres）。研究蘑菇的他，死後多年另有一本他自己畫插圖的《食用墨西哥蘑菇》（*Hongos mexicanos comestibles*，1983）出版。

從本書第五部分選譯的他的作品看，那些俳句式短詩依然不失獨創性、幽默感與俏皮表情，且不時直面生命與社會現實詠而刺之：

我的紋章是雨後藍天下／一棵開花的杏樹（〈紋章〉）

無辜判服苦役的囚犯——／斑馬，穿著條紋制服／身陷囹圄（〈斑馬〉）

破碎的海浪／白沫的冠羽——／啊，變身海鷗！（〈海景……〉）

戰鬥前／他們給士兵喝酒……；／為什麼不直接給他們接種／狂犬病毒？（〈戰爭詩〉）

閃爍著理想的／現實主義：渴望／雙腳著地／親吻星星（〈徽章〉）

斜斜的雨絲／掠過歌川廣重的某些版畫。／我在記憶中看到它們，彷彿通過一具豎琴：／在色彩的琶音中（〈版畫〉）

以前怕死的人類，／如今怕活（〔無題〕）

長頸鹿靜靜地高立著／彷彿夢見放牧中的群星（〈長頸鹿〉）

那孩子臨終時的／靈魂，像離開／鳥巢般離開身體

（〈靈魂〉）

噢，將我們連在一起的／精神，與將我們分開來的／肉
體之間，悲慘的戰鬥（〈愛情〉）

我們已然忘記了的／過去的記憶（〈本能〉）

上面是眾蜜蜂飛行員；／下面是蟻丘：／步兵營（〈小
宇宙〉）

　　塔布拉答的作品為我們提供了一個令人著迷的創意與洞
見的萬花筒，幫助我們更全面欣賞、理解東西方文化間迂
迴、複雜的交匯可能。通過其創作，我們領會到現代主義創
作者對異國事物多樣而動人的表述方式，欣見形形色色不同
文化間碰撞出的多彩火花。塔布拉答對東方的探索與書寫，
豐富了世界讀者對此一地區的文化想像，也開啟了許多拉美
與世界作家的東方視野與觸角。塔布拉答的同胞詩人，1990
年諾貝爾獎得主帕斯（Octavio Paz，1914-1998），在塔布拉
答以74歲之齡去世時年方三十一，剛好也是墨西哥在紐約
的外交人員。他把自己鎖在紐約圖書館裡好幾個星期，一口
氣重讀了塔布拉答的所有作品，帕斯對中國和日本詩歌的熱
情正是在1945年此際點燃起的。他接起了塔布拉答前衛主
義與俳句寫作的火炬，徹底成為他的仰慕者。帕斯發現塔布
拉答的詩作具有俳句的主要特質：好奇，詼諧、嘲諷，高度
專注，機敏，鮮活的意象。這些也正是帕斯取法、融入自己
詩作中的特質：不斷地與大自然、與時間的流逝對話，不斷
地求索捕捉住當下。帕斯說我們豈能忘記，這位唯一「敢於
用清澄之眼觀看自然而不將之轉換成符碼或飾品」的詩人：

〔塔布拉答〕對動物、樹木、植物或月亮具有無限的共感，這引領他發現塵封數百年的古老之門：那扇啟動與當下交流的門。塔布拉答最好的詩作是與世界簽訂的奇妙協議。難道我們對真正的詩歌竟已無感到忽略了這位此世代最具靈動和純真視角、告訴我們文字可以讓人類與星辰、動物、樹根和解的詩人？塔布拉答的詩作邀請我們進入生活，不是轟轟烈烈的生活，也不是談美論藝的生活，而就只是生活。他還邀我們去冒險，踏上旅途。他邀我們睜大眼睛，學習離開我們生長的城市，學習離開已然成為惡習的那類詩歌；他邀我們尋找新的天空和愛。

帕斯深知塔布拉答好奇的精神總讓他期待意想不到的事情發生。他的詩歌迫在眉睫。也許他詩作年輕的秘訣就在於對短暫世間事物此種熱切的敏感。一個隨時準備上路的「過客」詩人——百代之過客——企圖以匕首般的短詩攔截瞬間。帕斯 1984 年曾訪東京隅田川畔俳聖芭蕉草庵，寫成俳句〈芭蕉庵〉——「整個世界嵌／入十七個音節中：／你在此草庵」（El mundo cabe / en diecisiete silabas: / tú en esta choza.）;「母音與子音，／子音與母音的交／織：世界之屋」（Entretejidas / vocales, consonantes: / casa del mundo.）。感謝像芭蕉，像帕斯，像塔布拉答這樣的詩人／魔術師／建築師，奇幻地以母音與子音的透明建材，讓我們住進跨越東西方文化、跨越時間空間的「世界之屋」，世界之家，天下一家。一個「眾歌齊放：悅耳動聽的」巴別塔——在那兒我們

仔細聆聽辨認西方風的鳳凰與東方風的夜鶯。

2022 年 7 月 台灣花蓮

前奏

Musa Japónica

I

Llegué al jardín; en las rosas
juntaban las mariposas
sus alitas temblorosas...

Escuché el dulce murmullo
de una torcaz: el arrullo
de mi amor cerca del tuyo...

Vi sangrar al blanco lirio
cuya palidez de cirio
manchó un trágico martirio.

Así en mi ser que devora
la Tristeza, a toda hora
tu recuerdo sangra y llora!

Una garza cruza el cielo,
tiende sobre el sol un velo,
junto al lago posa el vuelo,

日本繆斯

我來到花園；玫瑰叢中
蝴蝶收攏起它們
顫抖的翅膀……

我聽到鴿子柔和的
低語：你我兩情相悅
相合的催眠曲……

我看到白百合流血，
蠟燭般的白色上
染上了犧牲的印記。

我的內心被悲傷吞沒，
每次回想起，你的
身影都帶著血和淚！

一隻蒼鷺劃過天空，
陽光中投下一層面紗，
而後棲息於湖邊，

Y en el lago retratada,

su alba imagen sobrenada

temblorosa y argentada!

Así eternamente veo,

sobre el sol de mi deseo

de tu amor el aleteo.

Que en mi alma tenebrosa,

una estela al fin reposa

argentada y luminosa!...

Del lago entre los temblores,

cual reflejo de sus flores

van los peces de colores...

¡Tú eres flor triunfante y pura

que en vano copiar procura

mi rima en su onda obscura!

II

Los pinos que en las colinas

lloraban las ambarinas

lágrimas de sus resinas;

倒映在湖面上，它
白色的形象漂浮而過，
銀光閃閃地顫抖著！

我因此永遠看到，
你的愛振翅舞動於
我渴望的陽光中。

在我陰暗的靈魂裡，
一條銀白、閃爍的
航跡終於成形了！……

金魚穿梭於湖中，
一陣陣的顫動搞亂了
水面上花的倒影……

啊，你是一朵脫穎而出
且純淨的花，徒勞地試圖
在黑暗波浪中仿我的韻！

II

山上的松樹
流下的樹脂，是它們
琥珀色的淚水；

las linternas sepulcrales
de los príncipes feudales,
entre verdes saucedales

y la pagoda sombría
donde eternamente ardía
el incienso noche y día...

En aquel jardín sagrado,
el símbolo han evocado
del amor con que te he amado!

De mi amor ¡amor inmenso,
que se exhala si en ti pienso
como el perfumado incienso...

Que en aras de tu hermosura
gastara la piedra dura
con ósculos de ternura!...

III

Y a del jardín alejado,
vuelvo el rostro al sitio amado
donde tanto en ti he pensado

藩主們墓地上的
石燈籠，星星點點
在綠柳林間

還有日夜
香火不息的
幽暗寶塔……

神聖的庭園裡
我重溫那激發我對
你的愛的愛之靈！

我的愛，巨大的愛——
如果我想起你，就會
像香氣一樣散發出……

你的美君臨一切——
只消你輕輕一吻
硬石也會變柔！

III

離園後漸行漸遠，
我回望那心愛的地方——
我就立在那兒一直想你！

y veo, junto a la laguna,

a los rayos de la luna,

sobre la tiniebla bruna,

que un blanco pavo real

abre su cola, triunfal

abanico de cristal!

—Jardines del Bluff,
   Yokohama, Otoño de 1900

MVSA JAPÓNICA

在湖邊，我看到，
月光下，
漆黑的黑暗中，

一隻白孔雀
展開它的尾羽，洋洋
得意——啊，水晶扇！

（橫濱布拉夫花園，1900年秋）

譯註：此首1900年塔布拉答日本行之作，由十九節三行詩組成，可視為塔布拉答受「日本繆斯」啟發寫成的十九首「準俳句」。布拉夫花園，即今橫濱「山手公園」，是日本第一個西式公園，於1870年開放。

"Utas" japonesas

—Poetas del amor

Entre la humanidad sombría

de las rocas, alejado,

y huyendo la luz del día,

mis amores he contado

a la noche negra y fría...

—Saigio

O

Luna de la alborada!

Ayer viste mi llanto doloroso

de la ausencia en la noche desolada,

y hoy ríes al amante venturoso

que a la aurora se aleja de su amada!

—Sadaie

(Yokohama, 1900)

日本短歌

——詩人之戀

遠離，遠離白日之光
躲進岩石
幽暗的世界，
向黑冷的夜
講述我的愛……

——西行

○

哦，曉月！
昨天你看到我在淒涼的夜裡
獨自傷心落淚，
如今你對那黎明時分離開
他情人的快樂男人笑！

——藤原定家

（橫濱，1900 年）

譯註：此處短歌為 1900 年塔布拉答日本行時所譯，原有六首，我們
選譯兩首，此二作皆被收入《新古今和歌集》（1205 年編成）。西行
（1118-1190）原詩如下——「遙かなる岩の狹間に一人ゐて人目思
はではで物思はばや」（拙譯：我想／遙遙索居／於山岩之間／耽溺
於愛的思念／而不必怕世人眼光）；藤原定家（1162-1241）原詩——
「帰るさのものとや人のながむらん待つ夜ながらの有明の月」（拙
譯：一夜溫存後，你也許／正在歸途上仰頭／看它：我微夜待君／
等到的只是／這天亮後的殘月），是定家以女子口吻寫成之作。

59

Cantos de amor y de otoño

—Paráfrasis de poetas japoneses (Del "Kokiñshifu")

¿Estoy soñando acaso? Ayer en Primavera
miramos la esmeralda temprana del retoño
y ya una triste brisa suspira en la pradera
entre los amarillos arrozales de Otoño!.

—Heñzeu

☾

Son las gotas de la aurora
que el fulgor de Otoño dora,
leve polvo de diamantes
y la araña lo atesora
en sus redes cintilantes!

—Asayasu

戀歌與秋歌

—— 日本歌人之作意譯（選自《古今和歌集》）

夢乎？真乎？昨日方見
春日翠綠的嫩芽，
如今已聞悲涼的微風歎息般拂過
秋日黃色稻田間的草地！

—— 僧正遍昭

○

它們是鍍上秋日金輝的
黎明的露珠，彷彿
輕盈的鑽石粉，
被蜘蛛珍藏於它們
閃閃發光的網中！

—— 文屋朝康

61

○

Imagen es de la ternura mía

el césped, en el monte abandonado,

pues aunque crece y crece cada día,

el misterio lo vela y todavía

ningún ojo mortal lo ha contemplado!

—Yoshiki

(Kamakura. Japón, 1900)

○

我的柔情蜜意

貌如荒山中的草地，

雖然日復一日濃密

但被神秘的面紗籠罩

凡人的眼睛還沒能看到它！

——小野美材

（鎌倉‧日本，1900年）

譯註：此處選自《古今和歌集》（1205年編成）的短歌為1900年塔布拉答日本行時所譯，原有七首，我們選譯三首。他譯的這些歌作有多首作者名字有誤，譬如此處第一首作者標為僧正遍昭，其實應為無名氏之作，原詩如下——「昨日こそ早苗とりしか何時の間に稲葉そよぎて秋風の吹く」（拙譯：昨日才插／秧苗，／轉眼間／秋風一吹——稲葉／窸窸窣窣搖曳）。文屋朝康（約活躍於900年前後）原詩——「秋の野に置く白露は玉なれや貫き掛くる蜘蛛の糸すぢ」（拙譯：那些垂落／秋野的／白露——綴連於／蜘蛛絲間，／粒粒皆珍珠）；小野美材（?-902）原詩——「我が戀は深山隠れの草なれや繁き増されど知る人の無き」（拙譯：我的戀慕／之情，如草隱／深山間——一日／比一日濃密／卻無人睹其茂）。

63

La Bailadora

Ardores, aromas y ritmos mantienes
en plural encanto y en prestigio vario,
y ardes y perfumas en lentos vaivenes
¡como un incensario!

(*Al sol y bajo la luna*, 1918)

舞者

你以多重的魅力，變化有致的
優雅展衍熱情、香氣與節奏，
以緩緩的搖擺燃燒、散發芬芳
　　如一具香爐！

（《在日月下》，1918）

Bajo la Lluvia

¡Idea y sensualismo, romántico y ardiente
en tu alma y tu carne mi amor es todo! ¡Es
como la lluvia clara que te besa la frente
y como el lodo impuro que te besa los pies!

(*Al sol y bajo la luna*, 1918)

雨中

意念與官能，浪漫與激情，
你的靈和肉中的一切都是我的愛！
就像親吻你額頭的透明的雨，
就像親吻你雙腳的不潔泥漿！

（《在日月下》，1918）

...?

Mujeres que pasáis por la Quinta Avenida,

tan cerca de mis ojos, tan lejos de mi vida...

(Al sol y bajo la luna, 1918)

……？

走過第五大道的女人們，

這麼接近我的眼睛，又這麼遠離我的人生……

（《在日月下》，1918）

譯註：此詩原作長十五行，此處所譯為其第一節，共兩行。下一首詩標題「Lawn Tennis」（草地網球、網球）為英文，塔布拉答可能特意用英文，以戲謔地調侃此為英美高雅女士們所喜之運動。詩中「尼姬」（Niké）是希臘神話中的勝利女神，不僅象徵戰爭的勝利，也代表體育競技的成功，常被描繪成帶有翅膀。「薩莫色雷斯的勝利女神」（la Victoria de Samotracia）是最著名的勝利女神尼姬的雕塑，現為羅浮宮所收藏。原詩中的「Ática」（阿提卡）是希臘首都雅典所在的行政大區，也是古希臘對此地區的稱呼。此首〈草地網球〉詩共六節，奇數節與偶數節分別排列於左右兩欄，看起來好像是一顆網球來來回回移動，而整首詩節奏輕快，朗讀起來彷彿聽見球拍觸球時發出的清脆響亮聲以及網球彈跳之聲，是一首視覺、聽覺趣味兼具的相當新穎之詩。當然，如要把六節詩視為（公園裡的）六個網球場，亦無不可。接續其後的〈月光〉一詩，塔布拉答同樣地試圖藉詩行排列出的輪廓，模擬倒映、晃漾於湖面上的月光。

Lawn Tennis

Toda de blanco,
finge tu traje
sobre tu flanco
griego ropaje.

De la Victoria
de Samotracia,
mientes la gloria
llena de gracia.

¡En vano ilusa
fijas el pie!...
Que no eres musa
ni numen, que

sin que disciernas
un viento lírico
sobre tus piernas
sopla satírico;

pues aunque fatua
te alces extática,
no eres la estatua
gloria del Ática...

pisan el suelo
yanke tus pies...
¡Y alto es el vuelo
de las Nikés!

(*Al sol y bajo la luna*, 1918)

70

草地網球

白色的衣服
在你身體側邊，
看起來很像
希臘的寬鬆外袍。

你誤以為自己是
薩莫色雷斯的
勝利女神，閃耀著
充滿恩典的榮光。

你徒勞而虛妄地
擺定姿勢……
但你既不是繆斯
也不是靈感，

你沒察覺到
一陣抒情的風
正諷刺地吹過
你的腿上；

你傻傻的自我
膨脹，欣喜若狂，
但你根本不是
雅典的光榮雕像……

你平凡的兩腳
踩在地上……
勝利女神尼姬卻
高高在天上飛翔！

（《在日月下》，1918）

71

Luna

Oh moon of my delight

Who know'st no wane!

—Omar Kayam

Como

la luna

pálida

y triste,

llenas

mis noches

y a los efluvios

opalescentes

de tus fulgores,

mientras las rosas de mis deseos abren sus broches

vuelcan sus urnas los floripondios de tus dolores.

¡Mi alma es una

—negra laguna—

que te retrata,

loto de plata,

como a la luna!

(*Al sol y bajo la luna*, 1918)

72

月亮

噢，虧了又盈的

我喜愛的月啊！

　　　——奧瑪開儼

像

蒼白而

憂傷的

月亮，

你用

你的光的

乳白

氣息

填滿我的夜，

你哀愁的大花曼陀羅傾倒它們的骨灰盒，

我慾望的玫瑰隨之解開其胸針。

我的心是一座

——黑色的湖——

映現你，

啊，月亮一樣的

銀蓮花！

（《在日月下》，1918）

73

Un día... ／一日……

(1919)

A las sombras amadas
de la poetisa Shiyo y del poeta Basho

獻給女詩人千代尼
及詩人芭蕉親愛的身影

Prólogo

Arte, con tu áureo alfiler
las mariposas del instante
quise clavar en el papel;

en breve verso hacer lucir,
como en la gota de rocío,
todas las rosas del jardín;

a la planta y el árbol
guardar en estas páginas
como las flores del herbario.

Taumaturgo grano de almizcle
que en el teatro de tu aroma
el pasado de amor revives,

parvo caracol del mar,
invisible sobre la playa
y sonoro de inmensidad!

譯註：從此序詩前一頁之獻詞可清楚得知，塔布拉答此俳句集乃
獻給俳聖松尾芭蕉（1644-1694），及其再傳女弟子，有「女版芭蕉」
之稱的千代尼（1703-1775）。

序詩

藝術啊，用你的金別針
我想把轉瞬即逝的
蝴蝶釘在紙上；

讓它們閃爍於短小的
詩裡，如同在一顆露珠中
映現花園裡所有的玫瑰；

把花草樹木保存在這些
頁面上，就像植物
標本室裡的花朵一樣。

魔術師般的顆顆麝香啊，
在你的香氣劇場裡
讓昔日的愛再生吧，

小小的海螺，
在沙灘上毫不起眼，
而迴響卻無邊無際！

譯註：此序詩歌讚俳句以簡馭繁，以極微載體捕捉種種瞬間之
美，存取永恆的感動。末節讓人想起與謝蕪村1769年俳句「春
雨——／剛好足以打濕／小沙灘上的小貝殼」（春雨や小磯の小貝
ぬるるほど），一只貝殼和一首俳句都是一個自身具足的小宇宙。

La Mañana · 早晨

La pajarera

Distintos cantos a la vez;
la pajarera musical
es una torre de Babel.

鳥舍

眾歌齊放：
悅耳動聽的鳥舍
是一座巴別塔

Los zopilotes

Llovió toda la noche

y no acaban de peinar sus plumas

al sol, los zopilotes.

紅頭鷲

下了一整夜雨——

此際，陽光下，紅頭鷲

仍在梳理它們的羽毛

La abejas

Sin cesar gotea

miel el colmenar;

cada gota es una abeja...

蜜蜂

蜂蜜不斷從

蜂巢滴落：每一滴

都是一隻蜜蜂……

譯註：西班牙語原詩中的「colmenar」，意為「蜂房」——諸蜂巢之所在。

El saúz

Tierno saúz

casi oro, casi ámbar

casi luz...

楊柳

嫩柳——

像金，像琥珀，

像光……

___

譯註：此詩頗幽微動人，詩中儘管沒有動詞，卻可以感受到一種
逐漸的擴展，一種微細的動感。同是墨西哥籍的諾獎詩人帕斯
（Octavio Paz）提到此首俳句時指出——「就像在那些日本畫裡，
我們彷彿可以從一絲一縷的顫動聽到拂過的風的回聲，塔布拉答
只畫了一棵樹，就讓我們看到整個流動的綠色的風景。」

El chirimoyo

La rama del chirimoyo
se retuerce y habla:
pareja de loros.

番荔枝

番荔枝——樹枝
彎身閒聊，
像一對鸚鵡

El insecto

Breve insecto, vas de camino

plegadas las alas a cuestas,

como alforja de peregrino...

甲蟲

步行於路上的短暫的甲蟲啊，

你翅膀折疊在背後，

像朝聖者的背包

譯註：甲蟲的前翅特化成硬鞘，覆蓋保護腹部，不具飛行功能，
由膜質的後翅飛行，不用時可以收折在身體背面。有些類的甲
蟲，譬如步行蟲，擅長步行，已喪失飛行能力。

83

Los gansos

Por nada los gansos

tocan alarma

en sus trompetas de barro.

鵝

鵝漫無目的

發出警報，

用它們沾上泥巴的喇叭

El bambú

Cohete de larga vara

el bambú apenas sube se doblega

en lluvia de menudas esmeraldas.

竹子

長條的火箭——

竹子一升空，即彎身

化為一陣翡翠雨

El caballo del diablo

Caballo del diablo:
clavo de vidrio
con alas de talco.

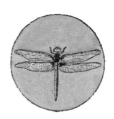

蜻蜓

蜻蜓：
有著彩色箔片羽翼的
玻璃指甲

譯註：塔布拉答的俳句寫作頗受其所閱讀過之法譯或英譯日本俳
句影響（論者認為他應未有直接閱讀日文原作之能力）。張伯倫
（Basil H. Chamberlain）《芭蕉與日本詩意短句》一書中提到據說有
一天俳聖芭蕉與其弟子寶井其角同行於鄉間小路上，其角見一紅
蜻蜓飛過，立刻脫口吟出「紅蜻蜓，／拿掉兩隻翅膀──／變成一
粒辣椒！」（赤とんぼ翅を取ったら唐辛子），疼惜昆蟲、不忍殺
生的芭蕉聽了頗不悅，立即將之修改為「一粒辣椒，／添上兩隻翅
膀──／啊，紅蜻蜓！」（唐辛子翅を付けたら赤とんぼ）。塔布
拉答此首蜻蜓俳句應受到庫舒（Paul-Louis Couchoud）參考張伯倫
英譯而成的法譯之啟發，但頗有新意，不輸原作。

El pavo real

Pavo real, largo fulgor,
por el gallinero demócrata
pasas como una procesión...

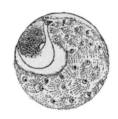

孔雀

孔雀，巨大的輝煌，
昂然穿過民主的雞場
像一列遊行隊伍

Las nubes

　　　| de los Andes van veloces,

Las nubes | de montaña en montaña,

　　　| en alas de los cóndores.

雲朵們

　　　／疾行過安第斯山脈，

雲朵們／一山又一山，

　　　／在禿鷹的翅膀上……

譯註：此首三行俳句之「立體造型」頗讓人眼睛一亮。

Flor de toronja

De los enjambres es

Predilecta la flor de la toronja

(Huele a cera y a miel).

葡萄柚花

葡萄柚花

（聞起來像蜂蠟和蜂蜜）

是蜂群的首選……

La Tarde · 下午

La palma

En la siesta cálida
ya ni sus abanicos
mueve la palma...

棕櫚

炎熱的中午——
連棕櫚樹的扇葉
也不動了……

Violetas

Apenas la he regado
y la mata se cubre de violetas,
reflejos del cielo violado.

紫羅蘭

剛澆上水，
灌木叢隨即覆滿紫羅蘭——
紫色天空的倒影

Las hormigas

Breve cortejo nupcial,
las hormigas arrastran
pétalos de azahar...

蟲蟻

短暫的婚禮遊行：
螞蟻們拖著
柑橘花瓣⋯⋯

La tortuga

Aunque jamás se muda,

a tumbos, como carro de mudanzas,

va por la senda la tortuga.

烏龜

雖然不曾把屋子搬走

一步一步，像搬家用貨車

烏龜在小路上挪動

Las cigarras

Las cigarras agitan
sus menudas sonajas
llenas de piedrecitas...

蟬

蟬，搖動著
它們裝滿石子的
小鈴鼓……

Las ranas

Engranes de matracas
crepitan al correr del arroyo
en los molinos de las ranas.

青蛙

溪水奔流過溪中磨坊般的
青蛙，它的棘輪裝置
發出尖銳的爆裂聲

Torcaces

De monte a monte,

salvando la cañada y el hondo río,

una torcaz se queja y otra responde.

鴿子

越過千山萬谷

以及條條深河，一隻鴿子

咕噥抱怨，另一隻呼應它

Hojas secas

El jardín está lleno de hojas secas;
nunca vi tantas hojas en sus árboles
verdes, en primavera.

枯葉

花園裡滿地枯葉——
春天樹上見到的
綠葉，都沒這麼多

譯註：塔布拉答此首俳句奪胎自阿斯頓（W. G. Aston）1899年出
版的英文版《日本文學史》（*A History of Japanese Literature*）裡譯
介的橫井也有（1702-1783）之作——「噢，落葉，你們／比我看
過的長在樹上的／葉子要多得多！」（木に置て見たより多き落葉
哉）。

Hotel

Otoño en el hotel de primavera;

en el patio de "tennis"

hay musgo y hojas secas.

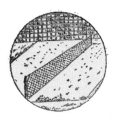

旅店

春日旅店的秋天：

網球場上

苔蘚與枯葉……

Crepúsculo · 傍晚

Las avispas

Como en el blanco las flechas
se clavan en el avispero
las avispas que regresan...

黃蜂

以蜂巢為目標，箭頭
牢釘其上——
黃蜂們歸心似箭……

La garza

Clavada en la saeta
de su pico y sus patas,
la garza vuela.

蒼鷺

釘在自己
喙與腿連成的箭上——
蒼鷺飛翔

Mariposa nocturna

Mariposa nocturna
a la niña que lee "María"
tu vuelo pone taciturna...

飛蛾

飛蛾啊，你飛來飛去，
打斷了小女孩對
聖母瑪利亞的祈禱……

Los sapos

Trozos de barro,

por la senda en penumbra

saltan los sapos.

蟾蜍

一塊塊泥巴：

陰暗的小路上

蟾蜍們跳躍

El cámbulo

El cámbulo,

con las mil llamas de sus flores,

es un gigante lampadario.

刺桐

千朵火焰盛開的

刺桐，是一盞

巨大的枝狀燭台

El murciélago

¿Los vuelos de la golondrina
ensaya en la sombra el murciélago
para luego volar de día...?

蝙蝠

蝙蝠在暗處偷學
燕子的飛行——
然後也在白天飛嗎⋯⋯？

Los ruiseñores

Plata y perlas de luna hechas canciones
oíd... en la caja de música
del kiosko de los ruiseñores.

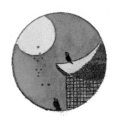

夜鶯

聽啊，自夜鶯亭的
音樂盒裡傳出，珍珠般
月輝下如銀的歌聲……

La buganvilia

La noche anticipa

y de pronto arde en el crepúsculo,

la pirotecnia de la buganvilia.

九重葛

夜幕提前降臨，
九重葛的煙火突然
在暮色中燃燒起來

譯註：九重葛花色非常豐富，花苞大而鮮豔，花朵叢生，富強勁
的生命力，讓詩人乍看以為是黑夜中的煙火。

106

Mariposa nocturna

Devuelve a la desnuda rama,

nocturna mariposa,

las hojas secas de tus alas.

飛蛾

你翅膀的枯葉，

啊，飛蛾，又回到

光禿禿的樹枝

譯註：此詩變奏自日本俳人荒木田守武（1473-1549）名句「我看見落花又／回到枝上——／啊，蝴蝶」（落花枝に帰ると見れば胡蝶哉），塔布拉答應該讀過阿斯頓《日本文學史》裡此句的英譯，以及庫舒《亞洲的賢人和詩人》或盧朋《日本文學選》裡的此句法譯，但他別出心裁，把蝴蝶改成飛蛾（西班牙語 mariposa nocturna：字面上意思為「夜間蝴蝶」或「夜蝶」），把落花改成枯葉。

La Noche · 夜晚

Luciérnagas

Luciérnagas en un árbol...
¿Navidad en verano?...

螢火蟲

滿樹螢火蟲——
夏季的聖誕節？

譯註：此詩頗可愛。「滿樹螢火蟲」此一意象可能受惠於俳聖芭蕉
1690 年所作之句「螢火蟲，各自／發著光——花一般／投宿於眾
樹上」（己が火を木木々に螢や花の宿）。

108

El ruiseñor

Bajo el celeste pavor
delira por la única estrella
el cántico del ruiseñor.

夜鶯

陰森的天幕下，
夜鶯癡狂地向
唯一的星唱讚歌

El abejorro

El abejorro terco
rondando en el foco zumba
como abanico eléctrico.

大黃蜂

頑固的大黃蜂
嗡嗡嗡嗡繞著燈轉
像一個電風扇

La araña

Recorriendo su tela
esta luna clarísima
tiene a la araña en vela.

蜘蛛

遍照它整張網——
這奇亮的月，讓
蜘蛛一夜清醒

El cisne

Al lago, al silencio, a la sombra,
todo candor el cisne
con el cuello interroga...

天鵝

往湖邊，往靜處，往樹蔭處？
雪白天真的天鵝
脖子彎曲成問號自問

La luna

Es mar la noche negra;
la nube es una concha;
la luna es una perla...

月亮

黑夜是海，
雲是貝殼，
月亮是珍珠……

El cocuyo

Pedrerías de rocío
alumbra, cocuyo,
tu lámpara de Aladino!

叩甲蟲

叩甲蟲啊，點亮你的
阿拉丁神燈，讓一顆顆
露珠的寶石閃閃發光！

譯註：叩甲蟲（cocuyoa），亦稱叩頭蟲，一種會發光的甲蟲，被捉
住時會用頭和前胸擊打地面，發出「叩叩」聲，形似叩頭，故名。

114

Epílogo · 尾聲

¡Ah del barquero!
¡Sueño, en tu barquilla,
llévame por el río de la noche
hasta la margen áurea de otro día...!

La Esperanza, Colombia
Febrero-Mayo 1919

船夫啊！
划著我的夢
沿夜的河流而下
直到新的一天的黃金邊緣⋯⋯！

拉埃斯佩蘭薩，哥倫比亞
1919 年 2 月—5 月

———————

譯註：1919 年塔布拉答與新婚不久的妻子尼娜·卡布雷拉（Nina Cabrera）同訪哥倫比亞，很大一部分時間住在東北部拉埃斯佩蘭薩（La Esperanza）的「希望旅店」（Hotel La Esperanza：esperanza 本意為「希望」），一個位於山中的避暑勝地，在此完成了《一日⋯⋯》此俳句集的寫作與插圖繪製。

希望旅店（拉埃斯佩蘭薩）

Li-Po y otros poemas ／李白與其他詩
(1920）

Imiter le Chinois au coeur limpide et fin

De qui l'extase pure est de peindre la fin,

Sur ses tasses de neige à la lune ravie,

D'une bizarre fleur qui parfume sa vie

Transparente, la fleur qu'il a sentie enfant,

Au filigrane bleu de l'ame sa greffant.

—*Stéphane Mallarmé*

模仿那有顆清澈細膩心的中國人，

其最純粹的狂喜乃是在一個用

自月光劫來的雪製成的杯子上，

繪一朵奇花的終結──他幼年時

曾聞過那花香，且持續芬芳他透明

生命，印進靈魂的藍色浮水印上。

──馬拉梅

117

LI - PO

Lí - Pó, uno de los "Siete Sabios en el vino"
Fué un rutilante brocado de oro............

como una
a copa
de
sonoro jade

su infancia fué de porcelana
su loca juventud
un rumoroso bosque de bambúes llena de garzas y de misterios

rOstrOs de mujeres
en la laguna

ruiseñores
encantados
por la luna
en las jaulas
de los salterios

譯註：此頁西班牙語詩句意如下——「彷彿一個有回音的玉杯／他的童年如瓷器一般／他瘋狂的青春／是一座颯颯作響的竹林／滿是蒼鷺和玄妙」；「女子們的容顏映於湖水中」；「撥弦揚琴的籠子裡，被月光迷住了的夜鶯……」。

李白

李白，「酒中七賢」之一，
是一匹金光閃閃的錦緞……

彷彿一個
有　　杯
回　玉
音的
他的童年如瓷器一般
他瘋狂的青春　　颯
颯
是作竹　　　和
一響　滿蒼玄
座的林是鷺妙

女子們的容顏
映於湖水中

撥弦揚琴的
籠子裡，被
月光迷住了
的夜鶯……

譯註：「女子們的容顏映於湖水中」一句，原作是「rOstrOs de mujeres en la laguna」──「rOstrOs」（臉孔、容顏）中的大寫之O，暗含了月亮與映於水中之臉的意象。此句出處可能來自李白詩句「百尺清潭寫翠娥，翠娥嬋娟初月輝」。撥弦揚琴（salterio），又稱薩泰里琴，中世紀撥弦樂器，類似今之吉他，塔布拉答原作是以五弦為柵的一「琴之鳥籠」。

luciérnagas alternas
que enmarañaban el camino
del Poeta ébrio de vino
con el zigzag de sus linternas

譯註：此頁詩句意如下——「螢火蟲們輪流穿梭、飛繞於小徑上／
點著它們的尾燈蜿蜒上下映照醉酒的詩人」；「直到詩人倒下／像
一隻沉重的瓷瓶／而風／吹散他的思想／如吹散花瓣」；「一隻嘮
嘮叨叨滿口／孔子格言的蟾蜍／以及一隻在旁嘲笑的蟋蟀」。

120

　　　　　　螢火蟲們
　　　輪流穿梭、飛繞於小徑上
　　　點　它　的　燈　蜓　下
　　　　著　們　尾　蜿　上
　　　　映照醉酒的詩人

　　直到詩人倒下　　　　而
　　　　　　瓶　風
　　　　　　瓷　吹散
　　像一隻沉重的　　　他的思想
　　　　　　　　　　　如
　　　　　　　　　　吹散
　　　　　　　　　　　花瓣

　　　一　　　　　　叨
　　　　隻　　叨
　　　嘮　　　　嘮
　　　　　滿口
　　　　格言的
　　　子　　　　　蟾
　　孔　　　　　　蜍
　　以及　　　　嘲笑的
　　　一隻在旁　　蟋蟀

譯註：塔布拉答這首長詩（或組詩）〈李白〉裡的幾個主要意象（月、酒、螢火蟲……）是李白生平或作品裡的重要元素。天才李白據說很小即能詩，十歲時即興寫成一首〈詠螢火〉五絕──「雨打燈難滅，風吹色更明，若飛天上去，定作月邊星」。古時中國人觀察月亮時，表面陰影類似蟾蜍，且蟾蜍喜於夜晚出沒，對月吐納，被認為是在吸納月亮的精華，故道家傳說蟾蜍是月精，月亮的形象是一隻蟾蜍。「一隻嘮嘮叨叨」原作中「sOnorO」（響亮、語調誇張）一詞裡的O，看似眼睛或月亮。

mejor viajar
en palanquín
y hacer
un poema
sin fin
en la torre
de Kaolin
de Nankin
・・・・・・
・・・・・

譯註：此頁詩句意如下——「以短促悅耳的顫音鳴囀的鳥／像一支陶笛／在開滿雪白的花的杏仁樹上」；「盡興乎乘轎子四處旅行／且作一首無盡的詩在南京高嶺瓷塔……」。

顫　音

的

耳　　鳥　　笛

悅　　的　　　陶

促　　囀　　支

短　　鳴　　一

以　　　像

在

開滿

雪白的　　杏仁

花的　　　　樹

上

平乘

與　　轎

盍　　　子

四處旅行

且　作

一　首

無盡的詩

在南京

高　嶺

瓷　塔

……

……

譯註:「南京高嶺瓷塔」（la torre de Kaolín de Nankín）——塔布拉答心中所想或為建於明代、高九層之大報恩寺琉璃塔,曾為世界七大奇跡之一。安徒生在童話〈天國花園〉中描述一位東風少年對風媽媽說「我剛從中國來,曾繞著瓷塔跳了一陣舞,把所有風鈴都弄得叮噹叮噹響」。高嶺指景德鎮當地高嶺村所產製瓷的瓷土。

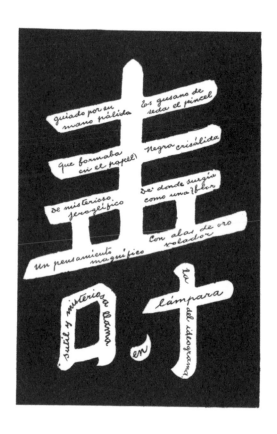

毛筆是一隻蠶

被一隻白皙的手導引

在紙上形成

黑色的蛹

神秘的象形文字

一個奇想如一朵花

破繭而出

張著飛翔的金翅

纖細神秘的火焰

在表意符號的燈籠中

譯註：此首詩原作造型有如一盞「表意符號的燈籠」（la lámpara
del ideograma，見左頁），塔布拉答將詩句寫於燈籠上面大大的
「壽」字的各個筆劃中，而壽字本身又可視為對李白詩作永恆、不
朽之祝讚，頗具巧思！

Los Cormoranes de la idea
en las ribe-   ras de la
meditaci   ón de los
ríos azu   les y Ama-
rillos   quieren
con ànsia   que aletea
pescar   de la luna
los bri   llos.. pero
nada   cojen sus
picos que   rompen el
reflejo del   astro en azo
gados añicos de nàcar
y alabastro y Li-Pô mira
inmóvil como en la laca
bruna el silencio restaura

la perla de la LUNA

譯註：此頁詩句意如下——「意念的鸕鶿們／在或藍或黃的冥想的河岸上／鼓翅待發，企圖打撈起月亮的光……／它們的喙把水面的星星搗碎成珍珠母和雪花石膏般的水銀片／卻什麼也沒抓到／而李白紋風不動地凝視著——彷彿在棕漆中——『靜默』緩緩修復／月亮的明珠」。

意　念　的　鸕　鷺　們
在　或　藍　　　或　黃　的
冥　想　的　　　河　岸　上
鼓　翅　待　　　發　企　圖
打　撈　起　　　月　亮
的　光…　　　…它　們
的　喙　把　　　水　面　的
星　星　搗　碎　　成　珍　珠　母
和　雪　花　石　膏　般　的　水　銀　片
卻　什　麼　也　沒　抓　到　而　李　白
紋　風　不　動　地　凝　視　著　──彷　彿
在　棕　漆　中──「靜　默」緩　緩　修　復

月亮的明珠

La luna es araña
de plata
que tiende su telaraña
en el río que la retrata

                  I Li-Pó
                 el divino
                  que se
                  bebió
                  a la
                  luna
                  una
        noche en su copa
                de vino

Siente el maleficio
enigmático
y se aduerme en el vicio
del vino lunático

月亮是一隻
銀蜘蛛
在映現它的河流中
張開它的網

而酒仙李白
此夜舉杯
飲杯中之月

感覺被神秘地
施了魔法
任狂亂的酒力
催他沉沉入睡

Dónde está Li-Pó? que lo llamen
Manda el Emperador desde su Yámen

Algo ébrio por fin
entre un femenino tropel,
llega el Poeta y se inclina;
una concubina
le alarga el pincel
cargado de tinta de China,
otra una seda fina
   por papel,
     y Li
        escribe así:

「李白何在？」皇帝
有令，傳其入宮

終於，醺醺然
在一群嬪妃簇擁下
詩人到場，鞠躬；
一位妃子
把沾滿墨的毛筆
遞給他，
另一位為他鋪開
上好的絲緞
　　作紙，
　　　　而李白
　　　　　　如是下筆：

譯註：李白此處下筆所成者，即〈月下獨酌〉一詩──「花間一壺
酒，獨酌無相親，舉杯邀明月，對影成三人。月既不解飲，影徒
隨我身，暫伴月將影，行樂須及春。我歌月徘徊，我舞影零亂，
醒時同交歡，醉後各分散。永結無情遊，相期邈雲漢」。底下132
至137頁為塔布拉答「再創造」之〈月下獨酌〉。

So
lo
estoy
con mi
frasco
de vino
bajo un
árbol en flor

asoma
la luna
y dice
su rayo

que ya
somos DOS

y mi propia sombra
anuncia después

que ya
somos
TRES

花
間
一壺
酒，
獨酌
無相
親……

月亮露
臉，以
光傳話：

我們
已兩人

而我的影子
接著宣稱

啊，
我們成
三人

aunque el astro
no puede beber
su parte de vino
y mi sombra no
quiere alejarse
pues_está conmigo

en esa compañía
placentera
reiré de mis dolores
entre tanto que dura
la Primavera

mirad
a la luna
a mis cantos
lanza su respues
ta en sereno fulgor
y mirad mi som
bra que ligera dan
za en mi derredor.
Si estoy en mi jui
cio de sombra y
de luna la
amistad
es mia

月既
不解飲，
影徒隨
我身

　　　　　　　　暫伴月
　　　　　　　　將影，
　　　　　　　　行樂
　　　　　　　　須及春

　　　　我歌月徘
　　　徊，我舞影零亂
　　我歌月徘徊我舞影零亂
　我歌月徘徊，我舞影零亂
　我歌，月徘徊，我舞，影零亂
零亂我舞零亂影 徘徊我歌月徘徊
我歌月徘徊我舞影零亂醒時同交歡
交歡同時醒，同時醒交歡交歡
醒時同，時時歡同醒時醒時交歡
　歡交醒時同，同歡醒時交
　　醒時同歡交歡交同醒時
　　　月影我三人，醒
　　　　時同交歡

cuando me emborracho
se disuelve
nuestra compañía

pero pronto nos juntaremos
para no separarnos
ya en el inmenso
júbilo del azul
firmamen
to mas
allá

　　　　　　　　　　　散
　　　　　　　　分
　　　　　　各
　　　　後
　　　醉
　　而
　　　　　　喝醉後：
　　　　　　　　3
　　　　　　　　P
　　　　　　　解
　　　　　　　散

但我們很快就會再相見
　在蔚藍蒼穹的無垠
　喜悅中不再分離：
　　永結無情
　　　遊，相期
　　　　邈雲
　　　　漢！

creyendo
que el re
flejo de la
luna era
una taza
de blanco
jade y aú
reo vino
por cojerla
y beberla
y una noche
bogando
por el
río se
ahogó
Li-Pó

Y hace
mil cien a.
ños el incienso
sube encumbran
do al cielo perfuma
da nube.. Y hace mil
cien años la China
resuena doble fune
ral llorando esa
pena en el inmor
tal gongo de cris
tal de la lu
na llena!

　　　　　他 以 為
　　　　水 面 上
　　　的 月 亮
　　　是 一 隻
　　斟 滿 金 酒
　　的 白 玉 杯,
　想 抓 起 來 喝;
　　那 夜, 盪
　　舟 順 流
　　　而 下,
　　　　他 淹 死
　　　　了──
　　　　　李 白

　　　　一 千 一
　　　百 多 年 前,
　　　一 縷 香, 升 上
　　天 際, 化 為 芬 芳 之
　雲……一 千 一 百 多 年 來
中 國 在 滿 月 不 朽 的 水 晶
　鑼 每 次 再 現 時 以 厚
　　厚 的 哀 思 叩 響 叩
　　　亮 它, 悲 悼
　　　　那 痛!

─────────

譯註:塔布拉答此奇詩〈李白〉融圖象詩與俳句元素於一爐,化用
李白水中撈月、貴妃捧硯等軼事,著名的〈月下獨酌〉一詩與其他
零星詩句,詩集前並引同樣心儀東方文化、亦是圖象詩先驅的法
國詩人馬拉梅之句為題詞,在在可見其禮敬李白與東方詩歌之
心。李白以抱水中月終其身,此詩亦以由虧復盈的月相圓滿告終。

139

Madrigales Ideográficos:
"El Puñal"

Tu primera
mirada
tu primera

mirada de pasión

Aun la siento   clavada
como un puñal dentro del   corazón ..

象形的情歌：
「匕首」

你　你
的　的
第　第
一眼一
你激情的第一眼
我依然
覺　得
像　隻
匕　首
牢　刺
在我
心
中
：

141

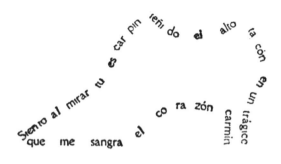

Siento al mirar tu escar pin teñi do el alto ta cón en un trágico carmín
que me sangra el co ra zón

"TALON ROUGE"

```
          致        豔  紅
       你     命  般     色
    著                  的
    看                  高
 我           的  心  在  跟
當              我     淌  鞋
 我  感  覺           血  時
```

「紅高跟鞋」

譯註：此二首「象形的情歌」（Madrigales ideográficos）應為塔布拉答1916年之作，此首句意如下——「當我看著你致命般豔紅色的高跟鞋時／我感覺我的心在淌血」。在塔布拉答詩集《李白與其他詩》裡，這兩首詩印在同一頁上。所以我們也可以將它們合視為一個小戲劇（小「悲劇」，充滿悲情的戀歌）——詩人的心被他所戀的「致命女性」（femme fatale）的目光所刺，滴下的血更加染紅了她原本已豔紅的鞋跟……。底下七首為1919年之作。

Nocturno Alterno

Neoyorquina noche dorada
       Fríos muros de cal moruna
Rector's champaña fox-trot
       Casas mudas y fuertes rejas
Y volviendo la mirada
       Sobre las silenciosas tejas
El alma petrificada
       Los gatos blancos de la luna
Como la mujer de Loth

      Y sin embargo
        es una
          misma
            en New York
              y en Bogotá

                LA LUNA..!

交替的夜曲

金光閃閃的紐約之夜
    冰冷的摩爾石灰牆
院長的香檳狐步舞
    喑默的房屋與牢固的鐵柵
回頭一看
    在寂靜的屋頂上
僵化的靈魂
    被月光漂白的貓兒們
彷彿羅得的妻子

    然而
      在紐約
        或波哥大
          有一樣東西
          相同——

            月亮…！

譯註：《聖經‧創世紀》記載，上帝派天使去警告羅得，趕緊帶妻女離開索多瑪。羅得和兩個女兒照吩咐快快逃離了，但羅得的妻子路程中卻停下來，回頭張望，結果變成了一根鹽柱。

Vagues

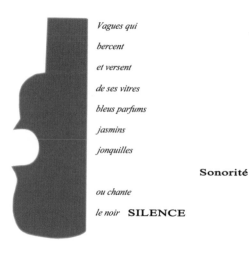

Vagues qui

bercent

et versent

de ses vitres

bleus parfums

jasmins

jonquilles

Sonorité

ou chante

le noir **SILENCE**

波浪

波浪
搖晃
從其玻璃窗
湧出
藍色的香水
茉莉花
水仙花

　　　　　　　厚亮的音符

響自
黑色的 **沉默**

譯註：塔布拉答此詩原作中的詩句為法文，描繪的既是海，又像
是一樂器（譬如提琴）。標題「波浪」如是亦可有「音波」之想。

OISEAU

Voici ses petites pattes

le chant s'est envolé. . . .

鳥

它唱著歌飛走了

留下許多小爪印⋯⋯

譯註：如同前首詩〈波浪〉，塔布拉答此詩亦於1919年以法文寫成。推測其因，可能是向當時剛過世不久的法國詩人阿波里耐爾（Guillaume Apollinaire，1880-1918）致敬。阿波里耐爾詩集《圖象詩》（*Calligrammes*，1918）第一輯詩名為「Ondes」，亦為波浪之意。

LUCIERNAGAS

La luz

        de las

                Luciérnagas

es un

       blando   **suspiro**

Alternado

         con **pausas**   de oscuridad

Pensamientos

     sombríos   **que se**   **disuelven**

en **gotas**

     instantáneas   de claridad

EL JARDIN ESTA LLENO

      de suspiros de luz

Y por sus

     frondas   escurriendo   **van**

como

    lá

    gri

      mas   las últimas   **gotas**

  De la

    lluvia

      lunar............

譯註：此頁詩句意如下——「螢火蟲的光芒／是一聲輕柔的歎息，／穿插以間歇的黑暗。／陰鬱的思緒溶解為／明亮的、短暫的水珠／（花園裡滿是光的歎息）／穿過低垂的枝葉滴／落如淚：最後的一滴滴月光雨……」。

螢火蟲

螢火蟲
　　　　　的
　　　　　　　　光芒
是一聲
　　　　　輕柔的　　　　歎息
穿插以
　　　　　間歇　　的　　　　黑暗
陰鬱的
　　　　思緒　　　溶　　　解為
明亮的
　　　　短暫的　　　　　　水珠

花　園　裡　滿　是
　　　　　　　光　的　歎　息

穿過
　　　　低垂的　　　枝葉　　　滴
落
　　　如
　　　淚　　最後的　　　一滴滴
　　月
　　　光
　　　　　雨…………

HUELLA

PIE DE LA BAI LA RINA

Pesada lápida tombal

Sobre su danza que onduló
en el viento

RUTILÓ entre la
MÚSICA

se deshizo

en el

SILENCIO

BROCADO
SEDA
GASA
pluma

INCIENSO

足跡

芭　蕾　伶　娜　的
　　　　　　　　腳

是沉重的墓碑

凌於她起伏於風中
的舞蹈上

在音樂中
閃閃發光

消融

於
沉
默

錦緞
絲綢
薄紗
羽毛

薰香
....

A un Lémur

(Soneto sin ripios)

GO

ZA

BA

YO

A

BO

GO

TA

TE

MI

RE

Y

ME

FUI

致一狐猴

（無廢言的十四行詩）

我很
高興
能夠
來到

波
哥大
此地
一遊

我見
到你
一面

然
後離
開了

譯註：此詩西班牙原文可重列為「GOZABA YO A BOGOTÁ TE MIRÉ Y ME FUI」。Bogotá，波哥大，哥倫比亞首都。

EL ESPEJO

ENTRE   RAYOS   ULTRAVIOLADOS

Más allá de los rostros de albayalde y de los ojos de carbón, y de los labios bermejos, a través de las máscaras y de los antifaces, y de los terciopelos y de los encajes más allá de los juramentos falaces y de las ilusiones tenaces á pesar de las son risas de polvo de arroz y de los minuetos automáticos, es te espejo refleja un corazón, la total vanidad de un corazón.... que pueden leerse todas las verdades en los ojos cerrados de la muerte y en los ojos en blanco del Amor!......

(左側縦書き) EN LAS AGUAS DE TU CRISTAL A

(右側縦書き) FLOTAN VERDADES CADAVERICAS D

AZOGADO DE SINCERIDAD

譯註：此頁詩句意如下──「在紫外線之間／屍首般的真相浮現／你晶狀的水域中／真誠的水銀映射」；「越出粉飾過的臉龐以及炭筆畫過的眼，以及塗紅的唇，穿透過面具以及面罩，以及天鵝絨，以及蕾絲，越出那些虛假的誓言以及緊黏著的幻想，不管那數過糯米粉面膜的微笑與自動化的小步舞曲，這面鏡子反映出一顆心，一顆心全數的虛榮……得以讀出在死亡的瞑目裡與愛情的盲目裡藏著的所有真相！……」。

鏡子

屍首　般　的　真相　浮現

之間

臉過紅面，及些誓緊幻那

的畫塗過罩以那的及的管米微

粉與步反顆榮在裡目的……

小子一虛出目盲著

的讀瞑的

面心，相！

這顆數以的情藏真

心，的亡愛有

線過筆及透面絨出

外飾炭以穿及鵝越

出以眼唇以，及絲假以著不糯的化，一得

紫粉及天，過膜動曲出全

死與裡所

越龐的的具以蕾虛言黏想敷面自舞映心……

在你晶狀的水域中

真誠的　水銀映射

El jarro de flores ／花壺

（1922）

De Camino · 在路上

Hotel "La Esperanza"

En un mar de esmeralda

buque inmóvil

con tu nombre por ancla.

(Bogotá, Colombia)

De camino.

希望旅店

翡翠海中靜泊的

一艘船，

以你的名字為錨

（波哥大·哥倫比亞）

Remanso

Las espumas del río se arremansan

y entre las piedras fingen

grandes esponjas blancas...

平靜水面

水流停息下來
在石頭之間佯裝成
巨大白色海綿……

譯註：此詩標題「remanso」（緩流、平靜水面），指河水緩流、滯
流處——水流近乎停息時所形成的平靜的水面。

Hongo

Parece la sombrilla

este hongo policromo

de un sapo japonista

蘑菇

這多色的蘑菇

看起來像

日本蟾蜍的傘

譯註：日本蟾蜍（學名 Bufo japonicus），原產於日本淡水水域，身體呈灰褐色、黃褐色或深褐色。俳句集《花壺》裡出現的第一個動物是蟾蜍，似乎標誌著塔布拉答此一詩歌系列由古典到當代的語義進程——蟾蜍象徵向往昔呼喚的詩意聲音，而多色的蘑菇則似有一種當代的奇幻感。以蘑菇當蟾蜍之傘，護其免受雨淋，畫面頗富諧趣！雖然可能也有不少蟾蜍（或同類的青蛙）喜歡玩水，迫不及待準備讓雨淋，譬如千代尼這首俳句所示——「雨雲當頭——／青蛙把肚子挺得／大大的……」（雨雲にはらのふくるる蛙かな）。

Atalaya

A la víbora que cruza el camino
anuncia desde el árbol el pájaro
a tiempo que se acerca el peregrino.

瞭望塔

鳥從樹上通告
接近的旅行者：
毒蛇正在過馬路！

La guacharaca

¿Asierran un bambú en el guadual?

¿Canta la guacharaca?

Rac... Rac... Rac...

(Colombia)

稚冠雉

他們在刺竹林裡鋸竹子嗎?

或者稚冠雉在唱歌?

刺克⋯⋯稚克⋯⋯刺克⋯⋯

(哥倫比亞)

譯註:這首詩的趣味大半來自西班牙原作中的聲音遊戲──
guadual(刺竹林)與 guacharaca(稚冠雉)兩詞皆以 gua 音開頭,
末行的 Rac、Rac 也與 guacharaca 一詞聲音相呼應,形成一首由鋸
子、刺竹、稚冠雉擔綱演出,協力發出刺耳之聲想「吵死人」、想
奪人命的「刺客之歌」。

164

Tucuso montañero

Plumaje azul turquí

y largo pico, es un

gigante colibrí...

綠尾鵜鶘——

青綠色的尾羽

和長長的喙，就像一隻

超大型蜂鳥……

譯註：這首詩也很有趣，因為蜂鳥大概是世界上最小的鳥類，身
長大約7、8公分，而詩人用「超大型」（gigante）形容綠尾鵜鶘（音
「翁列」）——但此美洲熱帶鳥其實身長也只有20公分上下。

165

Raíces

Ondula por el suelo y se entierra
de pronto la raíz del caucho
como una culebra...

　根

蜿蜒於地面上，突然間將自己
埋葬起來——橡膠樹的根
像一條蛇……

Gramíneas

Espigas que fingen orugas
y aprendices de mariposas
al extremo de un tallo se columpian.

麥田

麥穗假裝是毛毛蟲
或蝴蝶的學徒，
在麥稈頂端擺動……

Tormenta

Tormenta en el camino...
cuando un gallo cantaba
anunciando el ya próximo cortijo!

風暴

風暴迫近……
公雞鳴叫
提醒附近的農舍！

En camino

Seis horas a pie por la montaña,

ladra un perro lejano...

¿Habrá qué comer en la cabaña...?

在路上

雙腳翻山越嶺六小時，

遠處一隻狗在叫……

茅舍裡可有什麼東西果腹？

Pedregal

A mis pies arroyos de plata;

brillan bajo el sol y la lluvia

las piedras del camino de la montaña.

亂石灘

腳下銀色的乾河床

山路上的亂石

日曬雨淋，熠熠生輝

... ? ...

Doble fulgor apenas móvil

en la senda nocturna. ¿Acaso un buho?

¿Acaso un automóvil...?

… ? …

夜間小路上幾乎不動的

兩道光：是貓頭鷹？

或者一輛車……？

En el Jardín · 在園中

Libélula

Porfía la libélula

por prender su cruz transparente

en la rama desnuda y trémula...

蜻蜓

蜻蜓堅持

把自身透明的十字

釘在光禿、顫抖的樹枝上⋯⋯

譯註：俳聖芭蕉取中國畫「枯木寒鴉」之題，於1680年寫成「枯枝／寒鴉棲：／秋暮」（枯朶に烏のとまりけり秋の暮）這首俳句。塔布拉答此詩應是讀過芭蕉此句的英譯後奪胎換骨之作。

Día de sol:

Hay una mariposa
en cada flor...

晴天——

每一朵花
都有一隻蝴蝶……

Día lluvioso:

Cada flor es un vaso

lacrimatorio...

雨天——

每一朵花
都成了泪壶……

Narciso

Brinda el Narciso al florecer

diminutos platos y tazas

de oro y marfil... y olor de té!

水仙

水仙開花時提供

黃金和象牙的

小杯盤……還有茶香！

En Liliput

Hormigas sobre un
grillo inerte. Recuerdo
de Guliver en Liliput...

在小人國

螞蟻群登上
格列佛般，一動
不動的一隻蟋蟀

譯註：此首呼應格列佛遊小人國的俳句頗可愛，也讓人想到十九
世紀初沈復《浮生六記》「閒情記趣」一卷中所寫的「以叢草為林，
以蟲蟻為獸……；見二蟲鬥草間，觀之，興正濃，忽有龐然大
物，拔山倒樹而來，蓋一癩蝦蟆也」。俳句雖小，宇宙備焉，透過
螞蟻的詩眼，一隻蟋蟀變成為龐然大物。

Luciérnagas

El jardín bordan

alternativamente

con una lentejuela en cada rosa...

螢火蟲

螢光的亮片，刺繡般
此起彼落地在花園裡朵朵
玫瑰上交替閃爍著……

Vuelos

Juntos, en la tarde tranquila

vuelan notas de Ángelus,

murciélagos y golondrinas.

飛行

靜靜的午後，乘著

奉告祈禱鐘的音符

蝙蝠和燕子並排飛行

譯註：「奉告祈禱鐘」（Ángelus），為紀念耶穌基督降臨世間為救贖全人類而犧牲，天主教所作的禱告，每日早、午、晚三次。前面俳句集《一日……》裡塔布拉答有一首〈蝙蝠〉（見本書104頁）──「蝙蝠在暗處偷學／燕子的飛行──／然後也在白天飛嗎……？」──對照此處這首俳句，莫非蝙蝠私學有成，已結束學徒生涯，棄暗投明，獲得救贖，得以和其師父燕子在光天化日下並翼齊飛？

Cigarra nocturna

Cascabel de plata

en un trémulo hilo

de luna...

夜間蟬——

被一絲顫抖的月光

繫著的

銀鈴鐺……

Bestiario · 動物寓言

El burrito

Mientras lo cargan

sueña el burrito amosquilado

en paraísos de esmeralda...

Bestiario.

驢子

滿載貨物後

飽受蒼蠅之擾的驢子夢想著

翡翠般天堂……

Garza

Garza, en la sombra
es mármol tu plumón,
móvil nieve en el viento
y nácar en el sol...

蒼鷺

蒼鷺啊，陰影中你
全身羽毛如大理石，如
隨風而動的雪——
陽光下成了珍珠母……

Caimán

El gris caimán

sobre la playa idéntica

parece de cristal...

鱷魚

灰鱷魚

在同樣灰色的沙灘上，

看起來像水晶……

Un mono

El pequeño mono me mira...

¡Quisiera decirme

algo que se le olvida!

猴子

小猴子看著我——

想告訴我某個

它忘了的事情！

Jaguar

Luce del jaguar el blasón:
en campo de oro
las manchas del sol.

美洲豹

美洲豹身上
閃耀的紋章：金色田野中
陽光的斑點

Perico

El perico violeta
cabe su verde jaula,
desprecia mi sorpresa...

長尾鸚鵡

紫色長尾鸚鵡
棲息在它綠色籠子裡，
鄙視我的驚訝……

Paisajes · 風景

Paisajes

Refleja las cruces
del cementerio rústico
el río llorado de saúces...

風景

鄉村墓地的
石十字架，倒映在
與垂柳同嗚咽的河裡……

Crepúsculo

Brujo crepúsculo destila

de las montañas de carbón de piedra

raras y horizontales anilinas...

晚霞

晚霞，魔法師般

從煤山中提煉出

奇異的橫向的苯胺……

譯註：苯胺（anilina），最重要的芳香族胺之一，燃燒的火焰會生
煙。主要用於製造染料、藥物、樹脂，本身也可作為黑色染料使
用。詩中說提煉出「奇異的橫向的苯胺……」，意指晚霞之後到臨
的黑夜。

Panorama

Bajo de mi ventana, la luna en los tejados
y las sombras chinescas
y la música china de los gatos.

全景畫

在我的窗下，瓦頂上的月光
以及中國皮影戲般黑影
以及貓們的中國風細瓷音樂

譯註：西班牙語 sombras chinescas（字面意思：中國式影子），意
為皮影戲；música china，可解為「中國音樂」或「中國瓷器音
樂」、「細瓷音樂」——china（中國瓷器、細瓷），大寫意為「中
國」。此詩誠然是一幅涵括中西古今，寫實又魔幻的「全景畫」。
塔布拉答在他墨西哥城科約阿坎家裡，建有一座東方式庭園。

Looping the loop

Vesperal perspectiva;

en torno de la luna

hace un "looping the loop" la golondrina.

翻筋斗

黃昏一景：

燕子，繞著月亮

進行「翻筋斗飛行」

譯註：此詩標題「looping the loop」為英文，意謂翻筋斗，或（飛機）進行翻筋斗式的空中翻滾特技動作。

Marinas · 海景

Toninas

Entre las ondas azules y blancas
rueda la natación de las toninas
arabescos de olas y de anclas.

Marinas.

海豚

藍白色波浪間，海豚
邊游邊翻滾出，以浪與錨
構成的阿拉伯式花紋

譯註：阿拉伯式花紋（Arabesque），又稱蔓藤花紋，是一種繁複而
華麗的裝飾，以藤蔓或蕨類捲曲延伸的樣式為主要構圖，反覆運
用，呈現出一種無限對稱性的幾何圖形。

Coquillage

La ola femenina me mostró,

carnal, en la mitad de su blancura,

la concha que a Verlaine turbó...

貝殼

女性的浪向我展示，

在她白色肉體中央

那讓魏爾崙心神不寧的貝殼

譯註：此首俳句標題coquillage（貝殼）為法語，取自法國象徵主義詩人魏爾崙（Paul Verlaine，1844-1896）一首長十三行的詩「Las coquillages」的標題。魏爾崙此詩前三行謂「每一枚鑲嵌在我們／相愛的洞穴裡的貝殼／都各有其特色」（Chaque coquillage incrusté / Dans la grotte où nous nous aimâmes / A sa particularité），而最後一行說「但其中有一枚啊，讓我心神不寧」（Mais un, entre autres, me troubla）。塔布拉答此首俳句試圖與魏爾崙對話，以白色波浪比喻女性的身體，貝殼則是隱藏於白色肉身中央的性器官。

Pelícanos

Suicidas como los humanos,
clavan los grandes picos en las rocas
y se dejan morir los pelicanos.

(Costas del Caribe)

鵜鶘

有時，像人類一樣，有自殺傾向，
鵜鶘把巨大的喙
刺向岩石，尋死

（加勒比海海岸）

譯註：此首俳句將鵜鶘與人類相比，謂其「有自殺傾向」，此種藉動物來呈現或對比人類情境的手法，讓人想起法國詩人波特萊爾（Charles Baudelaire，1821-1867）詩集《惡之華》中〈信天翁〉（L'Albatros）一作，此詩將被水手們捕捉住，在甲板上可憐地拖著潔白巨翅的信天翁比作是詩人——先前是「蒼空的王者」（rois de l'azur）、「雲中之王子」（prince des nuées），如今流落地上，任人譏笑嘲弄。其「笨拙懦弱」（gauche et veule）、任人擺佈的自棄傾向，與塔布拉答此首「鵜鶘」俳句或有某種互文關係。

Peces voladores

Al golpe del oro solar
estalla en astillas el vidrio del mar

飛魚

黃金陽光的撞擊：
海的玻璃窗大片小片地碎裂

El Reló de Sombra · 暗影時鐘

6 p. m.

Ha plegado sus hojas
sobre el cielo de nácar
la mimosa.

El reló de Sombra.

6 p. m.

含羞草
在珍珠母貝般的天空中
收疊起它的葉子

譯註：含羞草由於其獨特的生理習性，受到物件觸碰、搖晃時，
其小葉會閉合接著葉柄下垂，尤其在光線較弱時更加敏感，因此
到了晚上都會自動收縮起來。此首俳句標題為「下午六點鐘」，天
黑夜臨了。

6 p. m.

La golondrina con su breve grito
traza en el cielo signos de infinito.

6 p. m.

燕子發出短促的叫聲，在天空中
為無窮盡的時間空間打卡、標記

譯註：此詩似可與芭蕉1694年所寫俳句「閃電──／刺入黑暗，
／蒼鷺的鳴叫」（稲妻や闇の方行く五位の聲）比較閱讀。短促、
尖銳，刺入暮色中的燕子的叫聲，應也是某種試圖在永恆的長流
中抽刀斷水、刻下「存在」之印記的閃電的匕首。

6.30 p. m.

Nocturnas mariposas
se desprenden de las paredes,
grises como la hora.

6.30 p. m.

飛蛾們
從牆上掉落
像時間一樣灰濛濛

7 p. m.

De las ranas palúdicas

revienta a flor de agua

la musical burbuja...

7 p. m.

青蛙在沼澤中
冒音樂泡泡
迸裂出一朵朵水花……

8 p. m.

Canta un responso el sapo
a las pobres estrellas
caídas en su charco.

8 p. m.

蟾蜍向掉進它
水坑裡的可憐的
星子們誦超度經

10 p. m.

Lanza el torvo mochuelo su carcajada

a la bruja lechuza volando al sabbat.

10 p. m.

冷酷的鵂鶹對

飛往魔宴的貓頭鷹女巫咯咯大笑

譯註：魔宴（sabbat），女巫、惡魔和男巫們的狂歡聚會。

12 p. m.

Parece roer el reló

la medianoche y ser su eco

el minutero del ratón...

12 p. m.

時鐘似一點一點

咬嚙向午夜，它的回聲是

老鼠分針般的尾巴……

Árboles · 樹木

Saúz llorón

Romántico saúz, lloraste tanto
que agobiado, en el río te reflejas
como en tu propio llanto...

Árboles.

垂柳

情意纏綿的垂柳啊，你把
自己哭得更彎更垂了，倒映在
河流中就像在你的淚池裡……

Palma real

Erigió una columna
la palma arquitectónica y sus hojas
proyectan ya la cúpula.

　大王椰子

建築有術的大王椰子立了
一根圓柱，它的葉子們
跟著欣然奉上了一個圓頂

Bambú

Ave aristotélica, mudas,
oh bambú del Otoño,
tus hojas, como plumas...

竹

亞里斯多德的鳥──
秋竹啊,你的葉子像
羽毛一樣脫落,無聲⋯⋯

譯註:偉大的古希臘哲學家亞里斯多德(Aristotle,384-322BC),
也是一位百科全書式的科學家,幾乎對每個學科都有貢獻,自然
科學也不例外。在其《動物誌》中,亞里斯多德詳析了某些鳥類運
用舌頭調節聲音而形成的「語言」。此首俳句裡塔布拉答將「亞里
斯多德的鳥」拉進來做比喻,也是一奇想,在視覺效果外又增添聽
覺效果。西班牙語muda,作為形容詞是啞默、無聲之意,作為動
詞(原形mudar)則是脫落、脫換之意。雙關語與聲音遊戲,是日
本古典俳句常見之技巧。

Frutas · 水果

Frutas

Sin amargura os cantará el poeta
llevándose la mano a la cintura,
oh frutas de mi dieta!

Frutas.

水果

詩人將無怨無悔地向你
歌唱，手插在腰上——
哦，我健康食譜裡的水果！

Guanábana

Los senos de su amada
el amante del trópico
mira en tu pulpa blanca.

刺果番荔枝

啊，熱帶情郎在你
乳白的果肉裡，看到
他心愛的人的乳房！

譯註：刺果番荔枝（guanábana），原產於美洲的一種熱帶水果，分
類上與「釋迦」（即番荔枝，chirimoyo）相近，果肉呈乳白色，酸
甜多汁，種子黑色。

Plátano

En la verde tahona cuelgas pródigo
dorado por el sol, oh pan del trópico!

香蕉

綠色的麵包鋪裡，你闊氣地展示被
驕陽烤出的金黃色，噢，熱帶的麵包！

Granadita

Brindas a la vez,
entre albos encajes,
copa y coctel...

　甜百香果

你一舉兩得暢快飲：
連接著白色蕾絲，酒杯
和雞尾酒合而為一！

譯註：甜百香果（granadita 或 granadilla），學名 Passiflora ligularis，
果實表皮光滑、橙黃色，內果皮白色，果實內部有軟組織，以保
護種子，種子黑色，被半透明的假種皮包圍。可食的部分為假種
皮，其味道甜而不酸，並帶有芳香。塔布拉答不愧為詩人／畫
家，敏銳觀察所寫、所繪之動植物，使其俳句一方面具有超逸的
想像，一方面又具有「照片寫實主義」似的傳真力。此詩中的「白
色蕾絲」指甜百香果的白色內果皮，「酒杯」指半個橙黃果實／果
皮構成的半球型之杯，「雞尾酒」則指假種皮、種子等可食之物。
甜百香果雞尾酒暢飲會——不用準備酒杯，甜百香果自己既是酒
杯也是雞尾酒，真是一「舉」兩得！

Sandía

Del verano, roja y fría
carcajada,
rebanada
de sandía!

西瓜

夏日，豔紅冰涼的
笑聲：
　　　　一片
西瓜

Naranja

Dale a mi sed

dos áureas tazas

llenas de miel!

橘子

以滿滿

兩個金半球杯的蜂蜜

解我渴

Dramas Mínimos · 微型劇

Heroísmo

Triunfaste al fin perrillo fiel

y ahuyentado por tu ladrido

huye veloz el tren...

英雄氣概

忠誠的小狗終於揚眉吐氣告捷：
被它的吠叫所嚇
火車飛快地逃跑了……

譯註：蜀地恒雨少日，蜀犬見日出，覺其可疑乃吠之。此詩中這
隻小狗，則絲毫不疑地以為火車是被它鍥而不捨的吠叫嚇跑
的……

Kindergarten

Desde su jaula un pájaro cantó:
¿Por qué los niños están libres
y nosotros no?...

幼稚園

一隻鳥在籠子裡唱道：
為什麼孩子們自由
而我們被囚？

譯註：此詩與其說是在歌讚幼兒們的自由，不如說是殘酷地質疑
幼稚園（kindergarten）可能也是「幼兒籠」──說是「花園」
（garten），其實可能也是一種鳥籠（jaula）。

Luciérnagas

La inocente luciérnaga se oculta

de su perseguidor, no entre las sombras

sino en la luz más clara de la luna...

螢火蟲

天真的螢火蟲潛入

最亮的月光中，而非

陰影中，躲捕螢者⋯⋯

La carta

Busco en vano en la carta
de adiós irremediable,
la huella de una lágrima...

信

我徒勞地在無法挽回的
分手信中，尋找
一滴淚的痕跡……

......

Como el agua, el ensueño
si cuaja es sólo
hielo...

......

就像水一樣，夢如果
凝結、有結果了，只是
冰……

A un crítico

Crítico de Bogotá:

¿Qué sabe la rana del pozo

del cielo y del mar?

致批評家

波哥大的批評家啊,

井蛙如何

語海天?

譯註:熱愛東方文學、藝術,對中國文化甚感興趣的塔布拉答,
也許讀過《莊子·秋水篇》中這些句子──「井蛙不可以語於海
者,拘於虛也;夏蟲不可以語於冰者,篤於時也」。因此,此首塔
布拉答回答惡意議論其俳句寫作的一位住在波哥大的批評者之
作,或亦可譯如下──「波哥大的批評家啊,/夏蟲如何語冰,井
蛙/如何語海天?」。

El insomnio

En su pizarra negra
suma cifras de fósforo...

失眠

在黑板上加總一個接一個
磷光的數字……

Identidad

Lágrimas que vertía
la prostituta negra,
blancas... como las mías...!

身分

黑人妓女
流下的淚，和我的
一樣白……

Nocturno

Sombra del volcán al ocaso

y en la bóveda inmensa, gritos

de invisibles aves de paso...

(Valle de México)

夜曲

暮色中火山的影子

以及巨大的穹頂中不見

其影的侯鳥的叫聲……

（墨西哥峽谷）

Coyoacán

Coyoacán, al pasado muerto

el coyote de tu jeroglífico

lanza implacable lamento...

科約阿坎

科約阿坎，土狼

是你的象形文字，向死者

發出難息的哀歎⋯⋯

譯註：科約阿坎（Coyoacán），位於墨西哥城中部，塔布拉答住處
所在，墨西哥城十六個區之一，自殖民地時代以來即為名流雅
士、文人學者聚集之地，墨西哥著名壁畫家迪亞哥·里維拉
（Diego Rivera）與其妻畫家芙烈達·卡蘿（Frida Kahlo）曾居住於
此。「科約阿坎」一詞來自納瓦特爾語（Náhuatl），意為「有土狼
（coyote）的地方」。

Crapodina

Tú también viste, pobre sapo,

caer una estrella en tu charco;

y la mujer a mí y a ti la estrella

se nos volvió diamante en la cabeza!

光耀

可憐的蟾蜍啊，你也看到

一顆星掉進你的水塘裡；

我想的是一個女人，你想的是那顆星……

現在都成了我們腦中的一顆鑽石！

Estrella errante

Fugaz como el instante en que la miro

une el cielo a la tierra

y a su llanto de oro mi suspiro...

Colombia, Venezuela,

México, 1919-20

流星

在我看著它的那一刻轉瞬即逝，

連接天與地的一條虛線⋯⋯

對它金色的啜泣，我報以歎息

哥倫比亞，委內瑞拉，

墨西哥，1919-20 年

尾奏：交點

Intersecciones

—epigramas y haikais

Por la vida, como un sonámbulo
por el pretil de una azotea.

❍

Como un corazón
        reson-
            arás,
    oh caracol
  con ruido de ol-
        as.

❍

En esos viejos grabados
en que aún los japoneses y los chinos
eran algo greco-romanos...

交點
—— 警句與俳句

人生，就像屋頂露台
欄杆上的夢遊者

○

像一顆心，
　　你會產生
　　　共鳴，
　　哦，波浪聲
　迴旋的海
　　螺

○

在那些舊版畫中
即便是日本人和中國人
也有幾分希臘羅馬味……

譯註：此處選譯的第一首，讓人聯想到日本俳句詩人小林一茶
（1763-1827）之詩「此世，如／行在地獄之上／凝視繁花」（世の
中は地獄の上の花見哉）。

○

El express Saint-Louis-New York

detenido un instante en la noche de luna

¿oyó cantar al ruiseñor?...

○

¿Dónde está el aeroplano que no cesa en su vuelo

dónde el elevador para subir al cielo

el que no se detiene nunca?

¡Ay,

sólo hay

el Subway!

○

Blasón

Son mis armas un ramo de almendro florido

sobre un cielo azulado después que haya llovido.

○

聖路易斯往紐約特快列車
月光下停下片刻：
是聽到夜鶯歌聲嗎？

○

永不停止飛行的飛機在哪裡，
　　哪裡有永不停止的
　　到天堂的電梯？
　　　　　噢，
　　　　只有
　　　　地鐵！

○

　紋章

我的紋章是雨後藍天下
一棵開花的杏樹

○

Un cuervo croa y vuela.

Pasan uno, dos y tres,

como en una acuarela

de Buntcho el japonés.

○

La cebra

Galeote inocente, la cebra

viste uniforme a rayas

tras de las rejas.

○

La jirafa

¿Cuál cóncavo espejo

estiró de la cebra el cuello?

○

一隻烏鴉呱呱叫著飛起。
一隻，兩隻，三隻飛過，
就像日本畫家谷文晁
水墨畫中所繪

○

斑馬

無辜判服苦役的囚犯——
斑馬，穿著條紋制服
身陷囹圄

○

長頸鹿

哪個凹面鏡
把斑馬的脖子拉長了？

譯註：谷文晁（1763-1841），日本江戶時代後期南畫（文人畫）畫
家。

○

Marina...

¡Las crestas de espuma
de las olas rotas!
¡Tórnanse gaviotas!

○

Todas las cosas nos miran desde otro mundo
donde tienen un raigambre profundo.

Y más vale dejar las cosas donde están
porque las cosas de este suelo
no son sino la sombra de las cosas del cielo.

○

Poemas militares

Dan vino a los soldados
antes de la batalla...;
¿por qué no, de una vez, inocularles
el virus de la rabia?

〇

海景……

破碎的海浪
白沫的冠羽——
啊，變身海鷗！

〇

萬物從它們深深扎根的
另一個世界看我們。

就讓東西都留在原處吧
因為這地上的東西
只不過是天上眾物之影

〇

戰爭詩

戰鬥前
他們給士兵喝酒……；
為什麼不直接給他們接種
狂犬病毒？

譯註：〈海景……〉一詩讓人想及女歌仙小野小町名作「開花而／
不結果的是／礁石上激起／插在海神髮上的／白浪」（花咲きて実
ならぬものはわたつ海のかざしにさせる沖つ白浪）。

231

○

Las paradojas de la luz en el Sendero
son axiomas en términos de Cuarta Dimensión.

○

Divisa

Realismo que destella
Ideal... El anhelo
de besar a un estrella
con los pies en el suelo.

○

Estampas

Diagonales hilos de lluvia
de Hiroshigué ciertas estampas surcan.
Las veo, en el recuerdo, como a través de un arpa;
y en el arpegio los colores

○

小路上的光的悖論：
它們是第四維度的公理

○

徽章

閃爍著理想的
現實主義：渴望
雙腳著地
親吻星星

○

版畫

斜斜的雨絲
掠過歌川廣重的某些版畫。
我在記憶中看到它們，彷彿通過一具豎琴：
在色彩的琶音中

譯註：此處提到的畫應為日本浮世繪畫家歌川廣重（1797-1858）
《大橋安宅驟雨》、《莊野白雨》等名作，梵谷（1853-1890）
一八八七年畫作《雨中的橋》即仿前一幅而成。

○

Madrigal

Mientras te miras al espejo

la Muerte, por detrás,

va raspando el azogue con el dedo.

Y sufrirás, mas luego

a través del cristal verás el cielo.

○

Lagartija

Sobre el peñasco monocromo

la lagartija azul y plomo,

al sol de abril enarca el lomo.

○

El colibrí

El pájaro mosca que en la flor ahonda

zumbando y luciendo prosigue su ronda

como una esmeralda que lanza su honda.

○

牧歌

當你對鏡自照，
死神，從鏡後
用手指刮擦水銀。
你忍受其苦，但不久
你就會穿越過鏡子看到天堂

○

蜥蜴

單色的岩石上
鉛藍色蜥蜴，對著
四月陽光弓起背

○

蜂鳥

探入花朵中的吸蜜蜂鳥
嗡嗡發響發光，不停飛來飛去
綠寶石般發射它的彈弓

譯註：蜂鳥被認為是世界上最小的鳥類，吸蜜蜂鳥（Mellisuga
helenae）——西班牙語稱 pájaro mosca（蠅鳥）或 zunzuncito（小蜂
鳥）——又為其中最小的一種，飛行能力很強，每秒拍動雙翼可達
八十次。

○

La humanidad que antaño tuvo miedo
a la muerte hoy le tiene miedo a la vida.

○

Meditación,
del pensamiento
habitación.

○

Trópico

El crepúsculo es una guacamaya
sobre los cocoteros de la playa.

○

Jirafa

Apacible jirafa que descuellas
cual si soñaras en pastar estrellas.

○

以前怕死的人類，
如今怕活

○

冥想：
心思的
房間

○

熱帶

晚霞是飛翔於沙灘椰子樹間的
一隻金剛鸚鵡

○

長頸鹿

長頸鹿靜靜地高立著
彷彿夢見放牧中的群星

譯註：金剛鸚鵡（guacamaya），產於美洲熱帶地區，色彩漂亮豔
麗的大型鸚鵡。

○

Nox

Rocío, flor
cocuyo...
Plural fulgor.

○

Alma

El alma de aquel niño
al morir, dejó el cuerpo
como un pájaro el nido.

○

Amor

Oh trágica batalla
del espíritu que nos une
y la carne que nos separa.

○

Instinto

Memoria de un pasado
que habremos olvidado.

○

夜之女神

露珠，花，
螢火蟲……
複數的光輝

○

靈魂

那孩子臨終時的
靈魂，像離開
鳥巢般離開身體

○

愛情

噢，將我們連在一起的
精神，與將我們分開來的
肉體之間，悲慘的戰鬥

○

本能

我們已然忘記了的
過去的記憶

❍

La estrella con su luz
rompe la nube
y el jardín la tiniebla
con su perfume.

❍

La "bas bleu"

Lleva una pluma en el sombrero
como una pluma en un tintero...

❍

La metafísica se aviene
con la Historia Natural;
de Dios nuestro espíritu viene,
nuestro cuerpo, del animal...

○

星星以其光
破雲，
花園以其香氣
破黑暗

○

女文青

女文青藍帽上有一根羽毛
就像羽毛筆插在墨水瓶裡……

○

玄學與自然史
達成協議：
我們的靈魂來自上帝，
我們的身體，來自動物……

◯

Hombre, árbol
superior,
tus brazos, las ramas
tus pies, las raíces
tu rostro, la flor.

◯

Microcosmos

Aviadoras abejas arriba;
abajo, el hormiguero:
cuartel de infantería.

◯

Gorrión

¿Al gorrión que revuela atolondrado
le fingen un arbusto
los cuernos del venado...?

◯

人，樹
孰優，
你的手臂，樹枝
你的腳，樹根
你的臉，花

◯

小宇宙

上面是眾蜜蜂飛行員；
下面是蟻丘：
步兵營

◯

麻雀

鹿角為魯莽地飛舞其間的
麻雀伴裝成
灌木叢嗎……？

○

El asno

Asno junto a la reja.

Rayado a sol y sombra

Como la zebra...

○

Haikai

Diego Rivera

¡Golondrino

de la axila plebeya!

○

驢子

圍牆邊的驢子：
陽光和陰影構成的條紋
像斑馬……

○

俳句

迪亞哥·里維拉——
　以平民百姓的腋下
　　為窩的雛燕！

譯註：本書此處「交點——警句與俳句」之詩，除最後兩首〈驢子〉
與〈俳句〉外，皆出自巴爾德斯（Hector Valdés）編的《塔布拉答
作品全集I：詩歌卷》（*José Juan Tablada: Obras I – Poesía*，1971）
中。〈小宇宙〉與〈麻雀〉二詩選自《全集I》中1928年詩集《市集：
墨西哥之詩》（*La feria: poemas mexicanos*）裡題為「市集俳句」
（Jaikáis de la feria）的一組詩，其餘各首皆選自《全集I》中《交點》
（*Intersecciones*）此一未出版過之詩集——塔布拉答生前曾計畫出
版此詩集，由於種種原因未能實現（僅於1924年時發表過其中兩
首詩、三首俳句），有論者認為此集可能是他最好之作。塔布拉答
友人里維拉是矢志為民眾發聲、奮鬥的墨西哥壁畫之父，體型龐
大，性頗風流，有趣的是塔布拉答詩中將其比成小燕子——golon-
drino——此字另有腋癬、經常改變住所的人等意。

塔布拉答 José Juan Tablada

國家圖書館出版品預行編目(CIP)資料

微物的情歌：塔布拉答俳句與圖象詩集 / 塔布拉答(José Juan Tablada) 著;陳黎,張芬齡譯 .-- 初版 .-- [新北市]:黑體文化出版:遠足文化事業股份有限公司發行, 2022.10
面;　公分 .-- (白盒子;1)

ISBN 978-626-96474-7-7 (平裝)

885.451　　　　　　　　　　　　　　　　　　　　　　　　　111015907

特別聲明：
有關本書中的言論內容，不代表本公司／出版集團的立場及意見，由作者自行承擔文責。

黑體文化

讀者回函

白盒子1

微物的情歌：塔布拉答俳句與圖象詩集

作者・塔布拉答（José Juan Tablada）｜譯者・陳黎、張芬齡｜責任編輯・張智琦｜封面設計・許晉維｜出版・黑體文化｜副總編輯・徐明瀚｜總編輯・龍傑娣｜社長・郭重興｜發行人兼出版總監・曾大福｜發行・遠足文化事業股份有限公司・讀書共和國出版集團｜電話：02-2218-1417｜傳真・02-2218-8057｜客服專線・0800-221-029｜讀書共和國客服信箱service@bookrep.com.tw｜官方網站・http://www.bookrep.com.tw｜法律顧問・華洋國際專利商標事務所・蘇文生律師｜印刷・凱林彩印股份有限公司｜排版・菩薩蠻數位文化有限公司｜初版・2022年10月｜定價・380元｜ISBN・978-626-96474-7-7

本書插圖作者：
頁56，Julio Ruelas
頁57、78-116、159，José Juan Tablada
頁160、180、186、190、194、201、204、210，Adolfo Best Maugard
頁172，Nina Cabrera